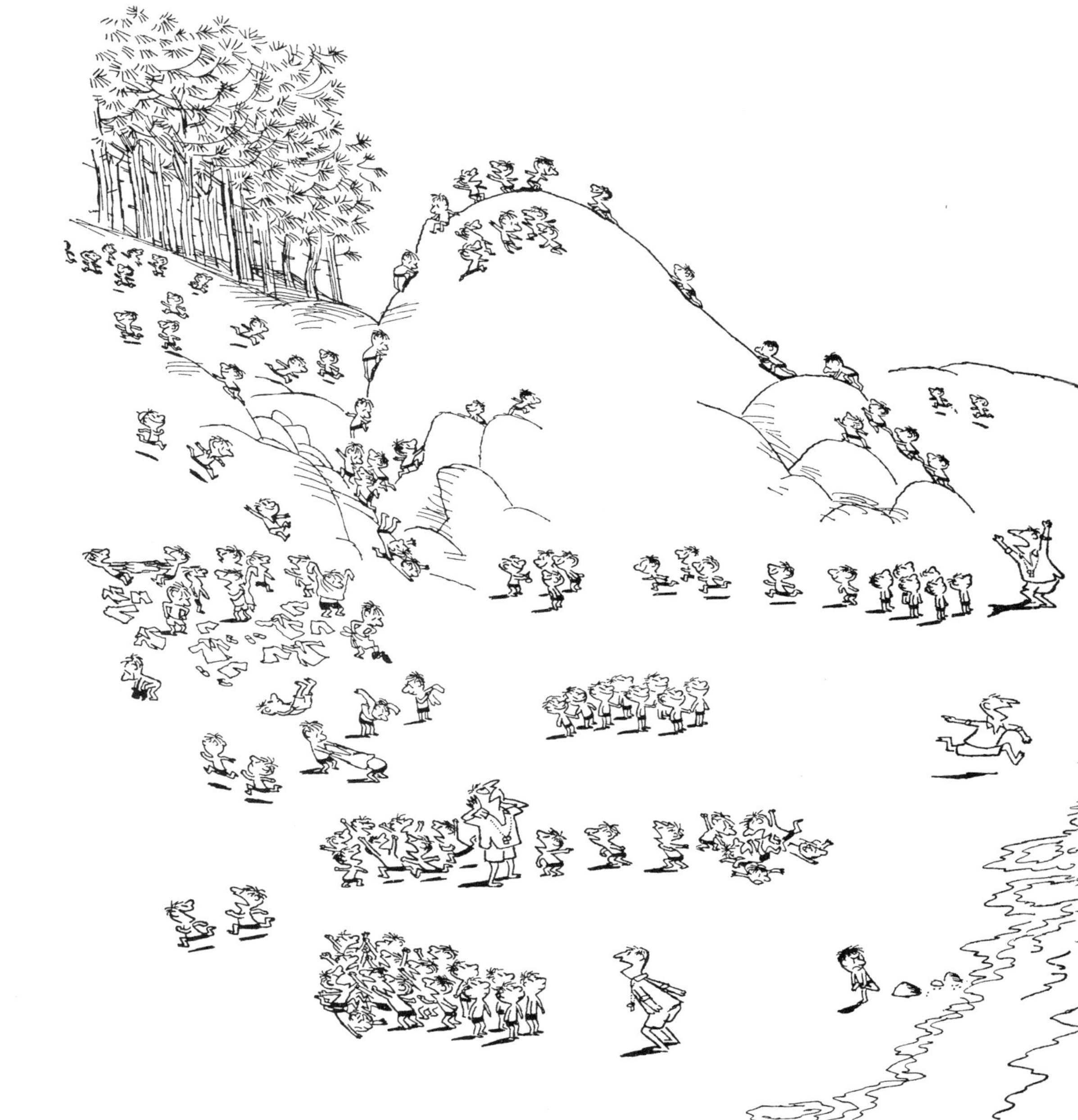

꼬마 니콜라의 여름방학

장 자크 상페 그림

르네 고시니 글

꼬마 니콜라의 여름방학

문학동네

차례

열심히 공부하다 보니 한 학기가 끝났다. 학기말 종업식에서 니콜라는 표현력상을 받았다. 니콜라는 보람을 느꼈다. 잘해서 주는 것이 아니라 많이 해서 주는 상이긴 했지만…… 종업식이 끝난 후, 니콜라는 학교 친구들과 헤어졌다. 학교 친구들은 알세스트, 뤼퓌스, 외드, 조프루아, 맥상, 조아생, 클로테르, 아냥이다. 묵은 교과서와 공책 정리를 끝내고 나자, 남은 건 딱 한 가지! 바캉스 생각만 하면 되었다.

니콜라네 가족이 올 여름 휴가를 어디서 보낼 것인가 결정하는 일은 문제가 아니었다. 왜냐하면……

결정권은 아빠에게

해마다 이맘때가 되면 엄마 아빠는 여름 휴가를 어디로 갈 것인가 하는 문제로 옥신각신한다. 해마다라고 했지만 작년과 재작년을 말하는 거다. 그 이전은 너무 옛날이라 잘 기억이 안 난다. 엄마는 아빠와 말다툼을 하다가 울음을 터뜨리며, 차라리 외할머니 댁에나 가겠다고 한다. 그러면 나도 같이 운다. 외할머니는 참 좋지만, 외갓집 근처엔 바다가 없기 때문이다. 결국 엄마가 가자고 한 데로 가게 된다. 물론 외할머니 댁은 아니다.

어제, 저녁을 먹은 뒤에 아빠가 화가 난 듯한 얼굴로 엄마와 나를 뚫어지게 쳐다보며 말했다.

"다들 내 말 잘 들어. 올해엔 아웅다웅하고 싶지 않아. 그러니까 이번 휴가를 어디로 갈 건지는 내가 정하겠다는 말이야. 남부 지방으로 가는 거야. 플라주 레 팽 해변에 임대 별장을 하나 알아봤는데, 방 세 개에 수도도 있고 전기도 들어온대. 호텔에 묵으며 변변찮은 음식이나 먹는 건 이제 진절머리가 난다구."

"그래요, 여보. 참 좋은 생각인 것 같네요."

엄마가 말했다.

"우와, 멋지다!"

나는 환호성을 지르며 식탁 주위를 뛰어다녔다. 기분이 좋을 땐 가만히 앉아 있기가 힘들다.

"그래, 그럼 됐어."

아빠는 깜짝 놀랐을 때처럼, 눈이 휘둥그레져서 말했다. 엄마가 식탁을 치우는 동안, 아빠는 벽장에서 잠수경을 찾아왔다.

"자, 봐라, 니콜라. 이번 여름엔 우리 둘이 물 속에 들어가서 고기를 많이 잡는 거야."

아빠 말을 듣자 약간 겁이 났다. 난 아직 수영을 잘하지 못하니까 말이다. 그냥 물 위에 간신히 뜨는 정도다. 아빠는 수영은 아빠가 가르쳐주면 되니까 하나도 걱정할 것 없다고 했다. "이래 봬도 아빠가 젊었을 땐 자유형 지역 챔피언이었다구. 연습할 시간만 있다면, 지금이라도 당시 기록을 깨뜨릴 수 있을 텐데 말야."

"엄마, 아빠가 잠수낚시법을 가르쳐주신대요!"

엄마가 부엌에서 나오자 나는 엄마에게 말했다.

"참 잘됐구나, 니콜라. 그런데 지중해엔 물고기가 별로 없다는데 어쩌지? 낚시하는 사람들이 너무 많아서 그렇대." 엄마가 말했다.

"무슨 소리야! 그럴 리 없어." 아빠가 말했다.

그러자 엄마는 아빠한테 애 앞에선 엄마 말이 틀렸다고 하는 게 아니라면서 신문에서 본 대로 말했을 뿐이라고 했다. 그리고 나서는 뜨개질을 시작했다. 그 뜨개질감은 엄마가 꽤 오래 전에 시작한 거다.

"그런데 아빠, 정말 물고기가 없으면 어떻게 해요? 우스꽝스러운 꼴이 되잖아요!"

아빠는 아무 말도 하지 않고 잠수경을 도로 벽장 안에 갖다 놓았다.

사실 아빠가 잠수낚시 얘기를 꺼냈을 때 난 별로 기쁘지 않았다. 아빠랑 낚시하러 갈 때마다, 항상 빈 손으로 돌아왔으니까 말이다. 아빠는 다시 거실로 와서 신문을 펴 들었다.

"그럼, 잠수낚시로 잡는 고기들은 어디 살아요?"

내가 물었다.

"네 엄마한테 여쭤봐라. 그 방면엔 전문가이신 것 같으니까 말이다."

아빠가 대답했다.

"물고기들은 대서양에 많이 있어, 니콜라."

엄마가 말해주었다. 나는 대서양이 우리가 휴가 갈 곳에서 멀리 떨어져 있는지 물어보았다. 아빠는 내가 학교에서 좀더 열심히 공부했다면 그런 질문은 안 했을 거라고 했다. 하지만 아무리 생각해도 그건 말이 안 된다. 내가 다니는 학교에선 잠수낚시 같은 과목은 안 가르치니까 말이다. 하지만 난 아무 말도 하지 않았다. 아빠가 별로 듣고 싶어하지 않는 눈치였기 때문이다.

"나는 가지고 갈 것들 목록이나 만들어봐야겠네요."

엄마가 말했다.

"아, 그건 안 돼!"

아빠가 급하게 외쳤다.

"올해는 절대 이삿짐 차처럼 해서 떠나지 않을 거야. 수영복하고 반바지, 가벼운 옷 몇 벌, 그리고 속옷 정도만⋯⋯."

"그리고 냄비 몇 개하고, 커피포트, 그리고 빨간 담요랑 그릇도 좀 가져가야 될 거고⋯⋯."

엄마가 덧붙였다.

아빠는 엄청 화가 난 것 같았다. 벌떡 일어나서 뭔가 큰 소리로 말하려는 듯이 입을 열었다. 하지만 아빠는 아무 말도 하지 못했다. 엄마가 먼저 말을 했기 때문이다.

"블레뒤르 씨 가족이 작년 휴가 때 별장을 세냈던 거 당신도 잘 알죠? 그 사람들이 우리한테 뭐라고 했어요. 가보니까 그릇이라고는 이 빠진 것 세 개밖에 없었고, 냄비도 작은 것 두 개 뿐이었다잖아요. 그나마 하나는 구멍이 나 있었고 말예요. 결국 비싼 값을 주고 다 사야 했대요.”

“블레뒤르 씨네는 융통성이 없으니까 그렇지.”

아빠는 이렇게 말하면서 다시 앉았다.

“그럴지도 모르죠. 하지만 말예요, 혹시 당신이 생선 수프를 먹고 싶다고 해도 구멍 난 냄비로는 끓일 수가 없다구요. 당신이 요행히 물고기를 잡아온다고 해도 말이죠…….”

엄마가 말했다.

엄마 말을 듣고 나는 울기 시작했다. 정말 그러니까 말이다. 물고기가 우글거리는 대서양이 가까이에 있는데, 물고기도 없는 바다에 가는 건 정말 끔찍할 거다. 내가 우니까 엄마가 뜨개질감을 내려놓고 나를 꼭 안아주면서 그까짓 물고기 때문에 속상해할 필요 없다고, 유서 깊은 멋진 별장에서 아침마다 창 밖으로 바다를 바라보는 것도 멋지다고 말했다.

그러자 아빠가 설명하기 시작했다.

“실은 그게 말이야…… 별장에서 바로 바다가 보이는 건 아니래. 하지만 그렇게 멀리 떨어진 것도 아니야. 이 킬로미터 정도만 가면 된다니까. 플라주 레 팽에 남은 임대 별장이라고는 그것뿐이어서…….”

“아무렴, 그러시겠죠.”

엄마가 말했다. 그리고 나서 엄마는 내게 뽀뽀를 해주었고, 나는 학교에서 외드에게 딴 구슬 두 개를 가지고 양탄자 위에서 놀기 시작했다.

"그런데 그 해변엔 조약돌이 깔려 있나요?"

엄마가 다시 아빠한테 물었다.

"아니오, 마님. 천만에요!"

아빠가 자랑스럽게 외쳤다.

"말 그대로 백사장이죠. 아주 고운 모래로 되어 있어요. 조약돌 같은 건 하나도 찾아볼 수 없답니다."

"잘됐네요. 그럼 니콜라가 물 위에 조약돌을 던지느라 시간 보낼 일도 없겠군요. 당신이 가르쳐준 후부터 그걸 얼마나 좋아하는데요."

엄마가 말했다.

나는 다시 울기 시작했다. 조약돌로 물수제비 뜨는 건 아주 재미있기 때문이다. 네 번까지 튀겨본 적도 있다. 하지만 이건 정말 말도 안 된다. 바다에서 멀리 떨어져 있고 조약돌도 물고기도 없으면서, 구멍난 냄비들만 잔뜩 있는 낡은 별장으로 간다니 말이다.

"그럼 난 외할머니 집에 갈 거야!"

나는 소리를 지르며 구슬을 걷어찼다.

"뭐, 뭐라고?……"

아빠가 말했다.

"난 물수제비 뜨기를 하고 싶단 말이에요!"

내가 외쳤다.

엄마가 다시 날 안아주며 울지 말라고 달래주었다. 우리집에서 가장 휴가가 필요한 사람은 아빠니까, 아빠가 원하시는 곳이 아무리 시시해도 즐거운 얼굴로 따라가야 한다고 했다.

"내년엔 물수제비 뜨기를 할 수 있을 거
야. 아빠가 우릴 뱅 레 메르로 데려다주신
다면 말이야."

엄마가 말했다.

"어디라고?"

계속 입을 벌리고 있던 아빠가 물었다.

"뱅 레 메르요. 브르타뉴 지방이에요. 거
기 가면 대서양도 있고, 물고기도 많고, 모래
사장과 조약돌 해변을 향해 지어진 예쁜 호텔도 있어요."

엄마가 말했다.

"난 뱅 레 메르로 가고 싶어요. 뱅 레 메르로 가고 싶다
니까요."

내가 소리쳤다.

"니콜라, 착하게 굴어야지. 결정권은 아빠에게 있다니까."

엄마가 말했다.

아빠는 손으로 한 번 얼굴을 훔치더니, 길게 한숨을 쉬고 나서 말했다.

"그래, 좋아! 알아들었어. 그 호텔 이름이 뭐야?"

"보 리바주 호텔이에요."

엄마가 대답했다.

아빠가 좋다고, 그 호텔에 아직 방이 남았는지 편지해보겠다고 말했다.

"그럴 필요 없어요, 여보. 벌써 다 됐어요. 우리 방은 29호실이에요. 바다가 바라다 보이고, 욕실도 있대요."

엄마가 말했다.

그리고 나서 엄마는 아빠한테 지금 짜고 있는 스웨터 길이가 잘 맞는지 대보아야 하니까 움직이지 말라고 했다. 브르타뉴 지방은 밤에 날씨가 선선한가 보다.

그렇게 결정을 내린 후 니콜라 아빠에게 남은 일이라고는 집 안을 정리하고, 가구에 커버를 씌우고, 양탄자를 걷어내고, 커튼을 떼내고, 짐을 싸는 것뿐이었다. 기차 안에서 먹을 삶은 달걀과 바나나도 잊지 말아야 했다.

기차 여행은 아주 좋았다. 니콜라 엄마가, 삶은 달걀을 찍어 먹을 소금을 밤색 가방에 넣어둔 걸 깜빡 잊고 화물칸에 실어버려서 아빠한테 야단을 맞기는 했지만 말이다. 니콜라네 가족은 마침내 뱅 레 메르에 도착하여 보 리바주 호텔에 짐을 풀었다. 해변이 한눈에 들어왔다. 즐거운 여름 휴가가 시작될 찰나였다……

신나는 바닷가

바닷가는 정말 재미있다. 친구도 많이 사귀었다. 블레즈, 프뢱튀에, 마메르다.(마메르는 참 바보 같은 녀석이다.) 이레네, 파브리스, 콤므, 그리고 이브도 있다. 이애들은 이 지방 애들이니까 휴가를 보내러 왔다고 할 수는 없다. 그래도 함께 놀았다. 가끔은 싸우고 토라져서 아는 체도 안 할 때도 있었지만, 하여튼 우리는 엄청 재미있게 놀았다.

아침에 아빠가 이렇게 말했다. "가서 친구들과 사이좋게 놀다 와라. 아빤 일광욕 좀 하면서 쉬어야겠으니까." 그리고 나서 아빠는 온몸에 선탠 오일을 흠뻑 바르고는 웃으

면서 말했다. "하하! 지금 회사에 남아서 일하고 있는 사람들을 생각하면, 참!"

우리는 이레네의 공을 갖고 놀기 시작했다. "좀 멀리 가서 놀아." 선탠 오일을 다 바른 아빠가 말했다. 바로 그 순간, 공이 날아가 아빠 머리 위로 퍽! 떨어졌다. 아빠는 이런 일은 절대 못 참는다. 엄청 화가 난 아빠는 공을 냅다 걸어찼고, 공은 저 멀리 바닷속으로 떨어졌다. 엄청난 슛이었다. "바로 이거야!" 아빠가 외쳤다. 이레네가 울면서 뛰어가, 자기 아빠를 데리고 왔다. 이레네 아빠는 굉장히 크고 뚱뚱했는데, 기분이 별로 좋지 않아 보였다.

"저 아저씨예요." 이레네가 우리 아빠를 가리키며 말했다. "우리 아이 공을 바닷속에 처넣은 게 바로 당신이오?" 이레네 아빠가 우리 아빠에게 물었다. "아, 그렇소. 공에 얼굴을 정통으로 얻어맞았거든." 아빠가 설명했다.

"이봐요. 애들을 바닷가에 데려온 건 마음껏 뛰놀게 하기 위해서잖소. 그게 맘에 안 들면 방구석에 가만히 있든지 해야지, 이게 뭐요? 어쨌든 저 공을 이리 건져다 줘야겠소." 이레네 아빠가 말했다.

"못 들은 척하고 대꾸하지 말아요."

엄마가 아빠 귀에 대고 살짝 말했다. 하지만 아빠는 대꾸하는 걸 더 좋아했다.

"좋아요, 좋아. 그 잘난 공 당장 찾아오겠소."

아빠가 말했다.

"당연하지. 내가 당신 입장이라도 그러겠소."

이레네 아빠가 응수했다.

아빠가 공을 찾아온 건 한참이 지나서였다. 그 사이에 공이 바람에 밀려 아주 멀리 떠내려갔기 때문이다. 아빠는 이레네에게 공을 돌려준 후, 굉장히 피곤한 얼굴로 우리에게 말했다.

"얘들아, 내 말 좀 들어봐. 아저씨는 조용히 쉬고 싶단다. 그러니까 공놀이말고 뭔가 다른 걸 하면 어떻겠니?"

"어떤 놀이요, 아저씨? 예를 들면요?"

마메르가 물었다. 마메르는 정말 바보 같다!

"그걸 내가 어떻게 알겠니."

아빠가 대답했다.

"음, 그럼, 구멍파기를 해라. 모래밭에 커다랗게 구멍을 파는 거야. 참 재미있단다."

우리 생각에도 멋진 것 같아서, 우리는 장난감 삽을 들고 모였다. 그러는 동안 아빠는 다시 선탠 오일을 바르려고 했지만, 그럴 수가 없었다. 병에 오일이 한 방울도 안 남아 있었기 때문이다. 아빠가 해변 끝에 있는 가게에 좀 갔다와야겠다고 말하자, 엄마는 왜 진득하게 앉아 있지 못하느냐며 핀잔을 주었다.

우리는 구멍을 파기 시작했다. 아주 깊고 멋진 구멍이었다. 아빠가 오일을 사가지고 돌아왔길래 나는 아빠에게 "아빠, 우리가 판 구멍 봤어요?" 하고 물었다.

아빠는 "응, 그래. 아주 훌륭하구나, 니콜라"라고 말하면서, 이빨로 오일병 마개를 따려고 했다. 그러고 있는데, 하얀 모자를 쓴 아저씨가 와서 누구 허락을 받고 모래사장에 이렇게 큰 구멍을 판 거냐고 물었다. 친구들이 일제히 우리 아빠를 가리키며 "저 아저씨요"라고 말했다. 난 아주 자랑스러웠다. 하얀 모자를 쓴 아저씨가 틀림없이 아빠를 칭찬할 거라고 생각했기 때문이다. 하지만 그 아저씨는 뭔가 불만이 있는 것 같았다.

"이거 봐요. 애들에게 이런 일을 시키다니, 머리가 어떻게 된 거 아니오?"

아저씨가 말했다. 아빠는 계속 오일병 마개를 따려고 애쓰면서 그 아저씨에게 "그게 어때서요?"라고 대꾸했다. 그랬더니 그 아저씨는, 어른이란 작자가 어떻게 그렇게 무분별할 수 있느냐면서, 이렇게 큰 구멍을 파놓으면 사람들이 걸려 넘어져서 다리를 다

칠 수도 있고, 물이 들어왔을 때 수영 못 하는 사람이 빠져서 익사할 수도 있다고 고래 고래 소리를 질렀다. 그리고 만약 누군가 구멍 속에 있을 때 모래가 무너져내려 파묻혀버리기라도 하면 그땐 어떻게 할 거냐고도 했다. 아저씨 말은, 그런 끔찍한 일들이 일어날 수 있으니까 빨리 구멍을 메워놓아야 한다는 것이었다.

아저씨 말을 듣고 아빠가 말했다.

"좋아요, 알았어요. 자, 애들아, 너희도 들었지? 구멍을 다시 메워야 한단다."

하지만 친구들은 구멍을 다시 메우려고 하지 않았다.

"구멍은 팔 때나 재미있지, 도로 메우는 건 따분해."

콤므가 말했다.

뒤이어 파브리스가 "야, 우리 수영이나 하러 가자!" 하고 외쳤다. 그러자 아이들이 우르르 바다로 뛰어갔다. 나는 그냥 남아 있었다. 아빠가 난처한 표정을 짓고 있었기 때문이다.

"얘들아! 이봐, 얘들아!"

아빠가 소리쳤다. 그러자 모자 쓴 아저씨가 말했다.

"여보시오. 애들은 그냥 놔두고 빨리 이 구멍이나 메우시오!"

그리고 그 아저씨는 가버렸다.

아빠는 크게 한숨을 내쉬었고, 나는 아빠와 함께 구멍을 메우기 시작했다. 장난감 삽이 워낙 작은데다 그나마 하나밖에 없어서 시간이 많이 걸렸다. 겨우겨우 다 끝냈을 때 엄마가 와서, 점심 먹으러 호텔로 돌아가야 할 시간이니까 빨리 준비하라고 했다.

호텔에서는 정해진 시간이 지나면 식사를 주지 않으니까 말이다.

"빨리 짐 챙겨. 모래삽하고 물통도 가져오고. 자, 가자."

엄마가 내게 말했다. 난 내 물건들을 찾기 시작했다. 그런데 물통이 보이지 않았다. 아빠가 괜찮다고 그냥 가자고 했지만, 나는 큰 소리로 울기 시작했다.

그건 노란색과 빨간색으로 된 멋진 물통이다. 그걸로 모래 파이도 만들 수 있다. 그런데 찾지 말고 그냥 두라니!

"정말 성가시게 구는구나. 도대체 물통을 어디다 뒀는데 그 야단이야?"

아빠가 물었다.

나는 방금 메워놓은 구멍 속에 있는 것 같다고 대답했다. 아빠는 내 엉덩이를 때려 줄 때와 똑같은 표정으로 뚫어지게 나를 바라보았다. 나는 더 큰 소리로 울었다. 마침내 아빠가 말했다.

"좋아. 물통을 찾아올 테니, 더이상 귀찮게 굴지 말아줬으면 좋겠다."

역시 우리 아빠는 세상에서 제일 멋진 아빠다! 모래삽이 조그만 것 하나뿐이어서, 나는 아빠를 도울 수 없었다. 그래서 그냥 아빠가 다시 구멍을 파는 것을 보고만 있었다. 그때, 뒤에서 갑자기 커다란 고함 소리가 들렸다.

"지금 누구 놀리는 거요?"

아빠와 난 깜짝 놀라 비명을 질렀다. 뒤를 돌아보니, 아까 그 하얀 모자 쓴 아저씨였다.

"구멍 파면 안 된다고 아까 분명히 말했을 텐데."

아저씨가 말했다. 아빠는 내 물통을 찾고 있는 거라고 설명했다. 아저씨는 물통을 찾은 다음 다시 구멍을 메워놓는다는 조건으로 구멍 파는 걸 허락해준 후, 옆에 지켜 선 채 계속 아빠를 감시했다.

"그럼, 여보. 전 니콜라하고 같이 호텔로 돌아갈게요. 물통 찾으면 바로 오세요."

엄마가 말했다. 엄마와 나는 호텔로 돌아왔다.

아빠는 아주 늦게 돌아왔다. 너무 피곤해서 식욕도 없다며 곧바로 침대에 누우러 갔다. 물통도 찾지 못했다고 했다. 하지만 상관없었다. 내 방에 들어와보니 그 물통이 있었기 때문이다. 아침에 나갈 때 깜빡 빠뜨렸었나 보다. 오후에 엄마가 의사를 불렀다. 아빠가 햇볕에 화상을 입었기 때문이다. 의사 선생님은 아빠에게 이틀 동안 자리에 누워 있어야 한다고 했다.

"몸에 오일도 안 바르고 이 지경이 될 때까지 땡볕 아래 있었다니! 저로서는 상상도 못 할 일이군요."

의사 선생님이 말했다.

"아! 지금 사무실에 남아 있을 동료들을 생각하면, 참!"

침대에 누운 아빠가 힘없는 목소리로 말했다.

하지만 아빠는 하나도 기분 좋아 보이지 않았다.

불행히도, 북프랑스 브르타뉴 지방에서 빛나던 태양이 남프랑스 코트 다쥐르 지방으로 산책 나가는 일이 종종 있다. 보 리바주 호텔 주인은 걱정스러운 눈으로 기압계를 살펴보았다. 기압계의 눈금이 바로 투숙객들의 기분을 나타내는 척도이기 때문이다.

즉석 놀이교사 랑테르노 아저씨

우리는 호텔에서 바캉스를 보내고 있는 중이다. 모래사장도 있고 바다도 있어서 참 좋다. 오늘처럼 비 오는 날만 빼면 말이다. 비가 오는 건 재미없다. 정말 재미없다. 비가 오면 어른들은 우리한테 어떻게 해줘야 할지 몰라 귀찮아한다. 그러다 보면 결국 문제가 생기는 거다.

나는 호텔에서 친구들을 많이 사귀었다. 우리 호텔엔 블레즈, 프뢱튀에, 마메르(마메르는 정말 바보다!)가 있다. 또, 키 크고 힘센 아빠를 가진 이레네도 있고, 파브리스와 콤므도 있다. 내 친구들은 모두 좋은 애들이다. 물론 항상 착한 건 아니지만 말이

28

다.

오늘은 수요일이기 때문에 점심으로 라비올리(이탈리아 식 고기만두─옮긴이)와 에스칼로프(얇게 저민 고기로 만든 요리─옮긴이)가 나왔다. 하지만 콤므네는 바다새우 요리를 먹었다. 그애 부모님은 언제나 따로 다른 요리를 주문한다. 점심 먹으면서 나는 엄마 아빠에게 바닷가로 나가서 놀고 싶다고 말했다. 그러자 아빠가 "밖에 비가 오는 거 너도 잘 알잖아. 제발 좀 귀찮게 하지 말아라. 호텔 안에서 친구들하고 놀면 되잖아" 하고 말했다. 그래서 나는 아빠에게, 친구들하고 노는 건 물론 좋지만 기왕이면 바닷가에서 놀고 싶다고 했다. 그러자 아빠는 사람들 보는 앞에서 볼기짝을 맞고 싶으냐고 물었다. 나는 그러기 싫었고, 그래서 울기 시작했다. 프뤽튀에네 식탁에서도 요란한 울음소리가 들렸다. 그 옆 식탁에서는 블레즈 엄마가 짜증스러운 목소리로 블레즈 아빠에게, 밤낮 비나 오는 곳으로 휴가를 오다니 생각 한번 잘했다고 말했다. 그러자 블레즈 아저씨는 이곳으로 오자고 한 건 자기가 아니었다며, 자기 인생에서 생각이란 걸 해본 건 결혼하기로 마음먹었을 때 이후로 단 한 번도 없었다고 소리쳤다.

내가 울자 엄마가 아빠한테 왜 애를 울리냐고 핀잔을 주었고, 아빠는 바가지 좀 그만 긁으라고 소리를 질렀다. 한편, 이레네는 크림을 먹다가 바닥에 엎질러서 자기 아빠한테 따귀를 맞았다. 이렇게 해서 식당 안은 시끄러운 소리로 가득하게 되었다. 호텔 주인 아저씨가 들어왔다. 아저씨는 라운지에서 커피를 대접하고, 음악도 틀어주겠다고 했다. 라디오 일기 예보에서 내일 날씨는 아주 좋을 거라고 했다는 말도 전해주었다.

라운지에서 랑테르노 아저씨가 말했다.

"오늘 저녁엔 제가 아이들을 맡기로 하지요."

랑테르노 아저씨는 아주 친절하고 유쾌한 사람이다. 누구하고나 친하게 지낸다. 그리고 이야기하면서 사람들의 어깨를 툭툭 치는 습관이 있다. 하지만 우리 아빠는 그 습관을 별로 좋아하지 않았다. 아빠가 햇볕에 심하게 화상을 입었는데도 랑테르노 아저씨가 계속 아빠 어깨를 두드렸기 때문이다.

저녁이 되자 랑테르노 아저씨가 커튼과 전등갓으로 광대처럼 분장을 하고 나타났다. 그걸 보고 호텔 주인 아저씨가 아빠에게 랑테르노 아저씨는 정말 재미있는 사람이라고 말했다. "내가 보기엔 별로인 것 같소." 아빠는 이렇게 대꾸하고는 일찌감치 방으로 올라갔다. 랑테르노 아저씨는 부인과 함께 휴가를 왔는데, 그 아줌마는 별로 말도 하지 않았고, 항상 피곤한 기색이었다.

랑테르노 아저씨가 똑바로 선 채, 한 팔을 들어올리며 외쳤다.

"애들아! 이 아저씨가 시키는 대로 해봐! 모두 내 뒤로 와서 길게 줄을 만드는 거야. 준비됐지? 그럼 식당을 향해, 앞으로 갓! 하나 둘, 하나 둘, 하나 둘!"

랑테르노 아저씨는 식당 안으로 들어갔다. 하지만 곧 다시 나왔다. 기분이 안 좋아

APERITIF
JE BOIS BONU BONA
UN VERMOUTH

보였다. 아저씨가 물었다.

"왜 따라오지 않는 거지?"

"우린 바닷가에 가서 놀고 싶어요."

마메르가 대답했다.(마메르는 정말 바보다!)

"그건 안 된다니까! 이렇게 비가 오는데, 바닷가에 나가 흠뻑 젖을 일 있어? 그러지 말고, 날 따라와라. 바닷가에서 노는 것보다 더 재미있게 놀 수 있을 테니까. 나랑 같이 한번 놀아보면 계속 비가 오기를 바라게 될걸!"

아저씨는 이렇게 말하고는 큰 소리로 웃어댔다.

"한번 따라가볼까?"

내가 이레네에게 물었다.

"쳇, 할 수 없지."

이레네가 시큰둥하게 대답했다. 다른 애들이 아저씨를 따라가길래 우리도 같이 갔다.

식당에서 랑테르노 아저씨는 식탁과 의자 들을 한쪽 구석으로 치우더니, 술래잡기 놀이를 하자고 했다. "누가 술래 할까?" 우리는 아저씨가 하라고 대답했다. 아저씨는 좋다며 손수건으로 자기 눈을 가려달라고 했다. 우리가 손수건을 꺼냈더니, 아저씨는 자기 손수건으로 하는 게 낫겠다고 했다. 눈을 가리고 난 뒤, 아저씨가 팔을 앞으로 쭉 뻗으며 외쳤다. "우우우, 난 귀신이다, 귀신!" 그리고는 또 큰 소리로 웃었다.

랑테르노 아저씨가 그러고 있는 동안 우리는 체스 이야기를 하기 시작했다. 나는 체스를 엄청 잘 둔다. 그래서 블레즈가 자기는 체스 챔피언이라고 했을 때 웃음이 나왔다. 내가 웃자 블레즈는 기분이 나빴는지, 그럼 한판 붙어보자고 했다. 우리는 호텔 주인 아저씨에게 체스판을 빌리려고 라운지로 나갔다. 식당에 있던 애들도 전부 누가 이길지 궁금해하며 따라왔다.

체스판을 빌려달라고 하자 호텔 주인 아저씨는 안 된다고 했다. 체스판은 어른들한테만 빌려준다고 했다. 애들한테 빌려주면 말을 잃어버린다는 거였다. 우리가 주인 아저씨와 옥신각신하고 있을 때, 뒤에서 커다란 목소리가 들렸다. "그거 때문에 식당에서 나온 거야?" 랑테르노 아저씨였다. 눈가리개를 풀어버리고 우리를 찾으러 온 거였다. 아저씨는 얼굴이 시뻘겠고, 목소리도 약간 떨렸다. 내가 아빠의 새 담배 파이프로 비누방울 놀이를 했을 때의 아빠 목소리하고 똑같았다.

"좋아, 너희 부모님들이 다 낮잠 자러 가서 라운지가 비어 있으니까, 라운지에서 얌전히 놀도록 하자. 내가 정말 재미있는 놀이를 가르쳐줄게. 모두 종이하고 연필을 준비해라. 아저씨가 알파벳 중에서 한 글자를 말하면 그 글자로 시작하는 나라 이름하고 동물 이름, 도시 이름을 다섯 개씩 쓰는 거야, 알았지? 지는 사람에겐 벌칙이 있다.”

랑테르노 아저씨가 말했다.

랑테르노 아저씨가 종이와 연필을 찾으러 간 사이에 우리는 다시 식당으로 들어가 의자를 모아놓고 버스 놀이를 하였다. 곧 랑테르노 아저씨가 돌아왔다. 하지만 우리가 식당에서 놀고 있는 걸 보고 또 화가 난 것 같았다.

“전부 다 라운지로 나오라니까!”

아저씨가 말했다.

“A부터 하자. 자, 시작!”

아저씨는 이렇게 말하고 나서 재빨리 무언가를 쓰기 시작했다.

“내 연필은 부러진 거예요. 이건 불공평해요!”

프뤽튀에가 소리쳤다. 조금 있다가 파브리스도 소리쳤다.

“아저씨! 콤므가 내 걸 베껴요!”

“아니야, 이 거짓말쟁이야!”

콤므가 말했다. 파브리스가 콤므의 따귀를 때렸다. 콤므는 한 순간 놀란 얼굴로 가만히 있더니, 이내 발로 파브리스를 걸어 차기 시작했다. 내가 막 ‘오스트리아 Autriche’ 라고 쓰려고 하는데, 프뤽튀에가 내 연필을 뺏으려고 덤벼들었다. 나는 그애 얼굴 한복판에 주먹을 날렸다. 그러자 프뤽튀에는 눈 을 감은 채로 아무렇게나 손을 휘둘러댔다. 그 바람에 옆에 있던

이레네가 한 대 맞았다. 그때 마메르가 소리쳤다. "얘들아, 아니에르 Asnières도 나라 이름이야?" 이렇게 해서 엄청난 소란이 벌어졌다. 학교 쉬는 시간처럼 말이다. 아주 멋졌다.

그러고 있는데, 갑자기 퍽! 하는 소리가 났다. 재떨이가 바닥에 떨어져 깨진 거다. 호텔 주인 아저씨가 달려와 큰 소리로 우리를 야단쳤다. 그 소리를 듣고 엄마 아빠 들도 모두 라운지로 내려왔다. 엄마 아빠 들은 우리를 혼내고, 호텔 주인 아저씨하고도 싸웠다. 랑테르노 아저씨는 어딘가로 가버리고 없었다.

저녁에 랑테르노 아줌마가 아저씨를 찾아서 식당으로 데리고 왔다. 아저씨는 오후 내내 비를 맞으며 해변에 앉아 있었던가 보았다.

랑테르노 아저씨가 아주 재미있는 놀이 선생님이란 건 사실이다. 아저씨가 호텔로 돌아오는 모습을 본 아빠가 웃느라고 제대로 먹지를 못할 정도였으니까 말이다. 수요일 저녁이라 맛있는 생선 수프가 나왔는데도!

보 리바주 호텔 목욕탕 욕조 위에 올라서면, 바다가 보인다.(하지만 미끄러지지 않도록 아주 조심해야 한다.) 날씨가 좋은 날이면,(그리고 욕조에서 미끄러지지 않는다면) 신비로운 물보라섬까지 똑똑히 보인다. 관광협회에서 만든 안내 책자에 따르면 철가면이 그 섬에 유폐될 뻔했었다고 한다. 거기 가면 철가면이 갇혔던 지하감옥을 구경할 수 있고, 간이식당에서 기념품을 살 수도 있다.

물보라섬

신난다. 배를 타고 소풍을 가게 되었으니 말이다. 랑테르노 아저씨 부부도 같이 가기로 했다. 하지만 아빠는 별로 기분 좋아하지 않았다. 아무래도 아빠는 랑테르노 아저씨를 좋아하지 않는 것 같다. 왜 그런지는 잘 모르겠다. 랑테르노 아저씨는 우리랑 같은 호텔에 묵고 있는 아주 재미있는 아저씨다. 언제나 사람들을 웃기려고 애를 쓴다. 어제는 가짜 코와 커다란 콧수염을 달고 식당에 들어와서는 호텔 주인 아저씨에게 생선이 신선하지 않다고 점잖게 항의했다. 정말 우스웠다. 엄마가 랑테르노 아줌마에게 우리 가족이 물보라섬으로 소풍을 갈 거라고 이야기하자, 옆에서 듣고 있던 아저씨가 "그거 좋은 생각이네요! 저희랑 함께 가시죠. 제가 있으면 심심하진 않으실 겁니다"라고 말했다. 나중에 아빠는 엄마한테 참 잘도 했다고 말했다. 아빠 말로는 그 엉터리 놀이교사가 우리 소풍을 망쳐놓을 게 틀림없다는 거였다.

우리는 아침 일찍 소풍 바구니를 들고 호텔을 나섰다. 바구니에는 햄, 샌드위치, 삶은 달걀, 바나나, 사과술이 가득했다. 정말 신났다. 얼마 안 있어 랑테르노 아저씨가 하얀 선원 모자를 쓰고 도착했다. 그걸 보니 나도 그런 모자가 쓰고 싶었다. 아저씨가 말했다.

"자, 승무원 여러분. 승선 준비 다 됐습니까? 그럼, 출발합니다! 하나 둘, 하나 둘, 하나 둘!"

그때 아빠가 귓속말로 엄마에게 뭐라고 속삭였고, 그 말을 들은 엄마는 눈을 크게 뜨고 아빠를 다시 한번 쳐다보았다.

부둣가에 다다르자 배가 보였다. 나는 약간 실망했다. 배가 너무 작았기 때문이다. 배 이름은 '라 잔'이었다. 선장 아저씨는 베레모를 쓰고 있었는데, 얼굴이 커다랗고 빨갰다. 내 상상처럼 금실이 달린 제복은 입고 있지 않았다. 방학이 끝나고 학교에 가면 친구들한테 자랑하려고 했는데…… 하지만 상관없다. 꾸며내서 이야기하면 되니까 말이다. 뭐 어때?

"자, 선장님. 출항 준비는 다 됐나요?"

랑테르노 아저씨가 물었다.

"여러분이 물보라섬에 갈 관광객인가요?"

선장 아저씨가 되물었다. 우리는 그렇다고 대답하고 배에 올라탔다. 랑테르노 아저씨가 벌떡 일어나더니 "닻을 풀고 돛을 올려라! 출발!" 하고 외쳤다.

"그렇게 흔들지 좀 마시오. 우릴 모두 물에 빠뜨릴 작정이오?"

아빠가 말했다.

"네, 그래요, 랑테르노 씨. 좀 조심해주세요."

엄마도 이렇게 말하며 살짝 웃었다. 그리고 나서 내 손을 꼭 쥐더니 무서워할 것 없다고 말했다. 하지만 난 하나도 무섭지 않았다. 방학이 끝나면 학교에 가서 친구들한테도 그렇게 이야기할 거다.

"조금도 걱정하실 것 없습니다, 부인. 이래 봬도 제가 배와 함께 한 지 꽤 오래되었거든요."

랑테르노 아저씨가 엄마에게 말했다.

"선원이었다구요? 당신이?"

아빠가 물었다.

"아뇨. 그런 건 아니지만, 우리집 벽난로 위에 보면 병 속에 든 돛단배가 하나 있단 말이죠!"

랑테르노 아저씨는 너털웃음을 웃으며 아빠 등을 철썩철썩 쳤다.

하지만 선장 아저씨는 랑테르노 아저씨가 명령한 것처럼 돛을 올리지는 않았다. 배에 돛이 없었기 때문이다. 통통통 소리를 내는 엔진이 있을 뿐이었다. 엔진에서 우리집 앞을 지나다니는 버스에서 나는 것과 비슷한 냄새가 풍겼다. 드디어 부두를 벗어났다. 잔물결이 일어 배가 가볍게 흔들렸다. 모든 것이 멋졌다.

"바다는 잔잔한가요? 설마 비가 오진 않겠죠?"

아빠가 선장 아저씨한테 물었다.

"당신 배멀미 할까 봐 겁나는 거요?"

랑테르노 아저씨가 아빠를 놀리듯이 물었다.

"배멀미라고요? 농담 마쇼. 나는 아무리 오랫동안 배를 타도 끄떡없어요. 모르긴 해도 아마 당신이 나보다 먼저 배멀미를 할걸? 내기할까요?"

아빠가 대답했다.

"좋소, 합시다!"

랑테르노 아저씨는 이렇게 말하며 또다시 아빠 등을 철썩철썩 쳤다. 아빠 얼굴을 보니 랑테르노 아저씨 얼굴을 한 대 쳐주고 싶은 듯한 표정이었다.

"배멀미가 뭐예요, 엄마?"

내가 물었다.

"그거말고 다른 이야기나 하자, 니콜라. 응?"

엄마가 대답했다.

파도가 점점 더 높아지기 시작했고, 나도 점점 더 신이 났다. 우리 호텔이 아주 조그맣게 보였다. 엄마가 목욕탕 창문에 빨간 수영복을 널어놓았기 때문에 우리 방이 어디쯤인지 알아볼 수 있었다. 물보라섬까지는 한 시간 정도 걸린다고 했다. 정말 굉장한 항해가 될 것 같았다!

"이봐요. 내가 재미있는 이야기 하나 해줄 테니 들어봐요. 거지 두 명이 있었는데, 하루는 스파게티가 먹고 싶어서⋯⋯."

랑테르노 아저씨가 아빠에게 말했다.

그러나 유감스럽게도 그 다음 이야기는 들을 수가 없었다. 랑테르노 아저씨가 아빠 귀에다 입을 바짝 대고 이야기했기 때문이다.

"재미있군요. 그런데 소화불량 환자를 치료하는 의사 이야기도 알고 계시오?"

랑테르노 아저씨가 모른다고 하자, 아빠도 아저씨 귀에 바짝 입을 대고 이야기했다. 아저씨도 아빠도 정말 심술궂다! 엄마는 남자들 얘기에는 별 관심 없이 호텔 쪽을 바라볼 뿐이었다. 랑테르노 아줌마는 평소처럼 아무 말도 하지 않았다. 아줌마는 언제나

좀 피곤해 보인다.

앞쪽에 물보라섬이 나타났다. 아직은 멀리 있었지만 하얀 파도 사이에 떠 있는 섬을 보니 참 근사했다. 하지만 랑테르노 아저씨는 섬은 보려고도 하지 않고 줄곧 아빠와 이야기만 했다. 아저씨는 무슨 생각인지 휴가 오기 전 식당에서 먹어본 음식들 이야기만 했다. 아빠도 마찬가지였다. 평소 아빠는 랑테르노 아저씨와 이야기하는 것을 별로 좋아하지 않았는데 말이다. 아빠는 아빠의 첫 영성체 기념 파티에서 무슨 요리들이 나왔었는지를 하나하나 다 이야기했다. 그 이야기를 듣고 있자니 배가 고파졌다. 그래서 엄마한테 삶은 달걀 하나만 달라고 했다. 하지만 엄마는 손으로 귀를 꼭 막고 있어서 내 말을 알아듣지 못했다. 바람이 세서 그렇게 하고 있는 것 같았다.

"얼굴이 좀 창백해지신 것 같소. 미지근한 양고기 비계를 한 사발쯤 드시면 좋을 텐데요."

랑테르노 아저씨가 아빠에게 말했다.

"그래요. 따뜻한 초콜릿을 곁들인 굴 요리를 같이 먹으면 금상첨화겠죠."

아빠가 대답했다.

이제 물보라섬이 아주 가까워졌다.

"곧 상륙하겠군요. 내리기 전에 에스칼로프나 샌드위치 한 조각 먹는 건 어떻겠소?"

랑테르노 아저씨가 아빠에게 제안했다.

"아, 그거 좋죠. 바닷바람을 쐬니 식욕이 마구 당기는군요!"

아빠는 이렇게 말하고 나서 소풍 바구니를 집어들고는 선장 아저씨를 향해 돌아섰다.

"선장님, 배 대기 전에 샌드위치 하나 드시겠소?"

아빠가 물었다.

하지만 우리는 물보라섬에 들어가보지도 못했다. 아빠가 꺼내든 샌드위치를 보자마자, 선장 아저씨가 심하게 구역질을 했기 때문이다. 우리는 최대한 빨리 항구로 되돌아가야 했다.

새로 온 체조 선생님이 해변에 모습을 나타내자, 부모님들은 서둘러 그 선생님의 체조 수업에 아이들을 등록시켰다. 현명한 학부모답게, 아이들에게 매일 한 시간씩 할 일을 만들어주는 편이 모두에게 이로울 거라고 생각한 것이다.

체조 교습

어제 체조 선생님이 새로 오셨다.

"나는 엑토르 뒤발이라고 한다. 너희들은?"

선생님이 우리에게 물었다.

"우린 엑토르 뒤발이 아니지요."

파브리스가 대답했다. 그 말을 듣고 우리는 배꼽이 빠지도록 웃었다.

모래사장에는 호텔에서 사귄 친구들이 전부 모여 있었다. 블레즈, 프뤽튀에, 바보 마메르, 이레네, 파브리스, 콤므였다. 호텔 친구들말고도 체조 수업에 참가하러 온 애들이 무척 많았다. 라 메르 호텔하고 라 플라주 호텔에서 온 애들이었다. 보 리바주 호텔에 묵고 있는 우리들은, 그애들이 마음에 들지 않았다.

선생님은 우리가 웃음을 멈추기를 기다렸다가 두 팔을 들어올려 커다란 알통을 만들어 보여주었다.

"너희도 이런 이두박근을 갖고 싶을 거다. 그렇지?"

선생님이 물었다.

"피!"

이레네가 대꾸했다.

"내가 보기엔 하나도 멋지지 않은데."

프뤽튀에가 말했다. 하지만 콤므는 왜 멋지지 않느냐면서 자기도 저런 알통을 만들어서 학교 친구들을 깜짝 놀라게 해주고 싶다고 말했다. 콤므는 항상 나를 신경질나게 한다. 언제나 잘난 체를 하고 싶어 안달이니까 말이다.

선생님이 말했다.

"이번 체조 교습을 착실히 따라준다면, 개학할 때쯤이면 모두 이런 근육을 갖게 될 거야."

그리고 나서 선생님은 우리더러 줄을 맞춰 서라고 했다. 그때 콤므가 "너, 나처럼 재주 넘을 수 없지? 한심하다"라고 말하고는 재주를 한 번 넘었다. 정말 웃겼다. 재주넘기라면 내가 선수인데 말이다. 그래서 나도 콤므한테 재주넘기를 보여줬다.

"나도 할 줄 알아! 할 줄 안다니까!"

엑토르 뒤발
수업계획…

옆에서 보고 있던 파브리스가 말했다. 하지만 파브리스는 잘하지 못했다. 제일 잘하는 애는 프뤽튀에였다. 블레즈보다도 훨씬 잘했다. 그렇게 해서 모두들 사방에서 재주넘기를 하고 있었다. 그때, 호루라기 소리가 크게 들렸다.

"그만 좀 할 수 없니? 줄 맞춰 서라고 분명히 말했지. 그런데도 온종일 장난만 치고 있을 거야?"

선생님이 외쳤다.

우린 말썽을 일으키고 싶지 않아서 선생님이 시키는 대로 줄을 섰다. 선생님은 지금부터 근육 단련을 하려면 어떻게 해야 하는지 가르쳐주겠다고 했다. 그러더니 팔을 들어올렸다가 내렸다. 그리고 다시 팔을 들어올렸다가 내리고, 또 들어올렸다가 내리고, 또 들어올렸다. 그때 라 메르 호텔에서 온 애 하나가 우리 호텔이 시시하다고 흉을 봤다.

"그렇지 않아. 우리 호텔은 최고야. 너희 호텔이야말로 진짜 형편없어!"

이레네가 외쳤다.

"우리 호텔에서는 매일 저녁 초콜릿 아이스크림을 준다!"

라 플라주 호텔에서 온 애가 말했다.

"흥! 우리는 점심때도 준다. 그리고 목요일엔 과일잼 크레프도 준다구!"

라 메르 호텔에서 온 애가 말했다.

그러자 콤므가 말했다.

"우리 아빠는 식사할 때 언제나 추가 주문을 하는데, 우리 호텔 주인 아저씨는 아빠가 달라고 하는 건 뭐든지 다 준다구!"

"거짓말하지 마. 말도 안 돼!"

라 플라주 호텔 애가 말했다.

"너희들, 계속 떠들 거냐?"

체조 선생님이 외쳤다. 선생님은 어느 틈에 운동을 멈추
고 팔짱을 낀 채 우리를 가만히 바라보고 있었다. 움직이는
부분이라고는 콧구멍뿐이었다. 그렇게 해서 근육이 단련되지
는 않을 것 같았다.

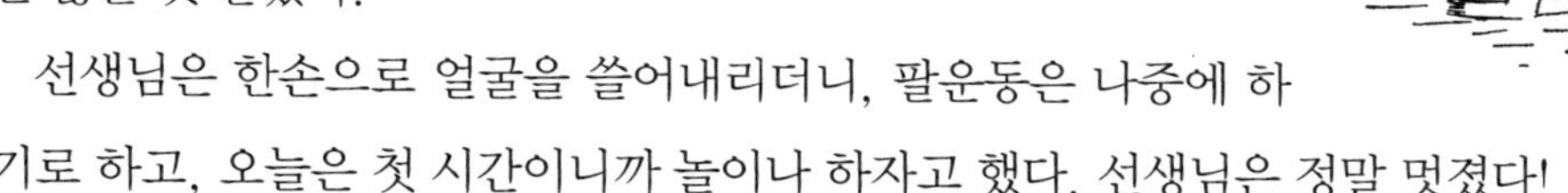

선생님은 한손으로 얼굴을 쓸어내리더니, 팔운동은 나중에 하
기로 하고, 오늘은 첫 시간이니까 놀이나 하자고 했다. 선생님은 정말 멋졌다!

"그럼 달리기를 하도록 하자. 거기 줄 맞춰서 서라. 내가 호루라기를 불면 출발하는
거야. 저기 보이는 파라솔까지 먼저 도착하는 사람이 우승하는 거다. 준비됐지?"

선생님이 호루라기를 불었다. 하지만 뛰어나간 애는 마메르뿐이었다. 모두들 파브
리스가 모래밭에서 찾아낸 조개 껍데기를 보고 있었기 때문이다. 콤므는 지난번에 자
기가 발견한 조개 껍데기가 훨씬 더 컸다며, 자기는 그걸 재떨이로 쓰라고 아빠한테
선물할 생각이라고 설명했다.

갑자기 선생님이 호루라기를 땅바닥에 내동댕이치더니, 발로 마구 밟았다. 나는 그
렇게 화가 많이 난 사람은 본 적이 없었다. 얼마 전, 우리 반에서 일등이고 담임 선생
님의 귀염둥이인 아냥이 학기말 산수 시험에서 이등 했을 때 그러는 걸 본 것말고는

말이다.

"도대체 너희들 내 말 들을 거야, 안 들을 거야?"

선생님이 빽 소리를 질렀다.

"알았어요, 선생님. 지금 막 뛰려던 참이었어요."

파브리스가 대답했다.

선생님은 두 눈을 감으며 불끈 주먹을 쥐더니, 힘차게 요동치는 콧구멍을 하늘을 향해 치켜들었다. 그리고는 다시 고개를 바로하고, 천천히 그리고 아주 부드러운 어조로 입을 열었다.

"좋아. 다시 시작하겠다. 모두 출발 준비!"

"아, 안 돼요. 그럴 순 없어요. 내가 일등이에요! 내가 맨 먼저 파라솔에 도착했다구요! 이건 불공평해요. 우리 아빠한테 다 이를 거예요!"

마메르가 소리를 질렀다. 마메르는 마구 울면서 발을 동동 굴렀다. 이런 식으로 한다면 자기는 수업을 받지 않겠다고 말하더니, 진짜로 울면서 가버렸다. 나는 마메르가 가버린 건 아주 잘한 일이라고 생각했다. 선생님이 마메르를 쳐다보는 눈빛이 아빠가 어제 저녁에 나온 스튜를 쳐다보던 눈빛과 똑같았기 때문이다.

"얘들아, 우리 예쁜 꼬마 친구들아. 앞으로 내가 시키는 대로 하지 않는 사람은…… 나한테 볼기짝을 맞을 거다. 아주 오랫동안 기억에 남을 만큼!"

선생님이 말했다.

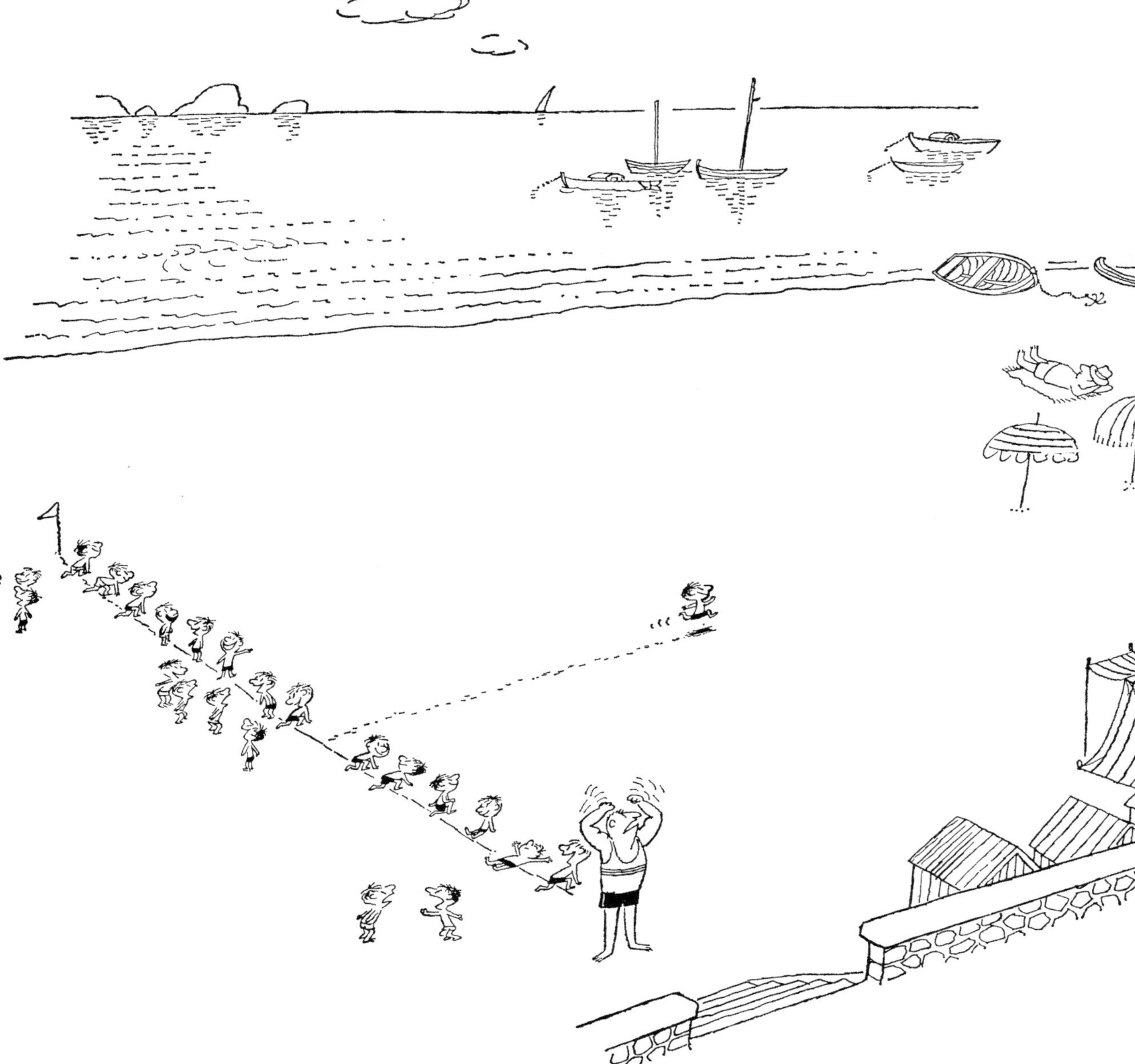

"선생님은 그럴 권리가 없어요. 내 볼기짝을 때릴 수 있는 사람은 우리 아빠하고 엄마하고 삼촌하고 할아버지뿐이라구요!"

누군가가 말했다.

"방금 말한 사람 누구지?"

선생님이 물었다.

"애래요."

파브리스가 라 플라주 호텔에서 온 애 한 명을 가리키며 말했다. 아주 작은 꼬마였다.

"아니야. 이 치사한 거짓말쟁이!"

꼬마가 말했다. 파브리스는 그애 얼굴에 모래를 집어던지려고 했다. 하지만 꼬마가 먼저 파브리스의 뺨을 세게 때렸다. 운동을 많이 한 애 같았다. 파브리스는 너무 놀라서 우는 것도 잊어버렸다. 그 바람에 또 모두 치고받으며 싸우기 시작했다. 라 메르 호텔과 라 플라주 호텔에서 온 애들은 전부 더러운 배신자들이다.

싸움이 끝나고 보니 선생님은 두 팔을 들어올린 채 모래밭에 주저앉아 있었다. 선생님이 말했다.

"좋다. 다음 경기로 넘어가겠다. 다들 바다를 보고 서봐. 신호하면 모두 물 속으로 뛰어드는 거야! 준비됐지? 출발!"

이 경기는 우리 마음에 쏙 들었다. 모래밭을 빼고 해변에서 가장 좋은 것이 있다면 역시 바다다. 우리는 바다에 뛰어들어 진흙탕 싸움도 하고, 파도도 타며 신나게 놀았

다. 콤므는 또 잘난 체를 했다. "나 좀 봐! 나 좀 봐! 나 지금 자유형 한다구!" 그 소리를 듣고 뒤를 돌아보았을 때, 우리는 선생님이 사라져버렸다는 걸 알았다.

그리고 오늘 새로운 체조 선생님이 오셨다.

선생님이 말했다.

"나는 쥘 마르탱이라고 한다. 너희들은?"

기분 좋은 휴가가 계속되었다. 니콜라 아빠는 보 리바주 호텔에 아무런 불만이 없었다. 어느 날 저녁 식사 때 스튜 요리에서 큼지막한 조개 껍데기가 나왔던 일만 빼면 말이다. 마땅한 선생님이 없어서 체조 교습을 받을 수 없게 된 아이들은 넘치는 에너지를 쏟아부을 만한 다른 활동을 찾아 나서야 했다.

미니 골프

오늘은 기념품 가게 옆에 있는 미니 골프장에 가기로 했다. 미니 골프는 무지무지
재미있다. 어떻게 하는 건지 여러분이 궁금해할 테니까 설명해주겠다. 골프장에 가면
구멍이 열여덟 개 있는 코스가 있다. 돈을 내면 공과 채를 빌려준다. 그 채로 공을 쳐
서 구멍에 집어넣는 건데, 공을 친 횟수가 적은 사람이 이긴다. 하지만 구멍까지 가려
면 작은 성, 강물, 꼬부랑길, 언덕, 계단 같은 여러 가지 장애물을 통과해야 하기 때문
에 무척 어렵다. 쉬운 건 첫번째 구멍밖에 없다.

그런데 문제가 있었다. 골프장 주인 아저씨가, 어른이랑 함께 오지 않으면 들여보낼 수 없다고 한 거다. 그래서 나는 호텔 친구인 블레즈, 프뤽튀에, 마메르(바보 마메르!), 이레네, 파브리스, 콤므와 함께 아빠한테 가서 미니 골프장에 데려가달라고 부탁했다.

"싫다."

해변에서 신문을 읽고 있던 아빠는 딱 잘라 거절했다.

"아이, 아저씨. 딱 한 번만요!"

블레즈가 졸랐다.

"아저씨이! 아저씨이!"

다른 애들도 덩달아 소리쳤다. 나는 울면서, 미니 골프장에 못 가면 수상 자전거를 빌려 타고 아무도 못 찾는 곳으로 멀리, 아주 멀리 가버리겠다고 했다.

"그렇게는 안 될걸. 수상 자전거 빌리는 데도 어른이랑 같이 가야 하거든."

옆에 있던 마메르가 말했다. 마메르는 정말 바보다.

콤므가 끼어들었다.

"나라면 수상 자전거 같은 건 필요 없을 텐데. 난 자유형으로 헤엄쳐서 아주 멀리까지 갈 수 있거든."

콤므는 정말 날 짜증나게 한다. 항상 잘난 체만 하니까 말이다.

우리는 아빠 주위에 빙 둘러서서 한참 동안 토론을 했다. 우리 말을 듣고 있던 아빠가 신문을 구겨 모래 위에 내던지며 말했다.

"좋아, 좋다구. 미니 골프장에 데려가주지."

역시 우리 아빠는 세상에서 제일 좋은 아빠다. 나는 그렇게 말하며 아빠에게 안겼다.

하지만 미니 골프장 주인 아저씨는 우리를 놀게 해줄 마음이 별로 없는 것 같았다.

"빨리요! 빨리요!"

우리는 소리치기 시작했다. 그러자 주인 아저씨는 할 수 없이 우리를 들여보내주었다. 아빠에게 애들을 잘 감독해야 한다고 신신 당부하면서 말이다.

드디어 첫번째 코스로 들어가 출발선에 섰다. 첫 코스는 굉장히 쉽다. 모르는 게 없는 우리 아빠가 골프채를 어떻게 잡는 건지 시범을 보여주겠다고 했다.

"전 벌써 알고 있어요."

콤므가 냉큼 말하더니 먼저 시작하려고 했다. 그러자 파브리스가 왜 콤므가 제일 먼저 해야 하느냐고 항의했다.

"그럼 학교에서 선생님이 질문할 때처럼 알파벳 순으로 하면 되겠다."

블레즈가 말했다. 하지만 난 그러고 싶지 않았다. 니콜라라는 이름은 알파벳에서 한참 뒤쪽에 있으니까 말이다. 학교에서야 알파벳 순서가 좋았지만, 미니 골프장에서까지 그런 건 아니다. 그때 주인 아저씨가 와서 빨리 시작하라고, 우리 뒤로 여러 사람이 기다리고 있다고 말했다.

"그럼 마메르가 먼저 쳐라. 제일 착하니까 말야."

아빠가 말했다.

그래서 마메르가 첫번째로 쳤다. 그런데 너무 세게 쳐서, 공이 공중으로 붕 떠올라, 울타리를 넘어 길가에 서 있던 차에 가서 부딪혔다. 그걸 본 마메르는 울음을 터뜨렸고, 아빠는 공을 찾으러 뛰어갔다.

우리는 골프를 계속 하려고 했다. 하지만 마메르는 구멍 위에 주저앉아 울면서 공을 돌려주지 않으면 일어서지 않겠다고 했다. 우리들이 전부 못됐다면서 말이다.

아빠가 돌아온 건 한참 뒤였다. 그 차 안에 타고 있던 아저씨가 차에서 나와 손가락질을 해가며 아빠에게 뭐라고 했기 때문이다. 사람들이 몰려들어 재미있다는 듯 구경했다.

아빠는 기분이 별로 좋은 것 같지는 않았다.

"좀 조심해서 해라."

아빠가 말했다.

"알았으니까 공이나 주세요."

마메르가 대답했다. 하지만 아빠는 마메르에게 공을 돌려주지 않았고, 일이 이렇게 됐으니 다음 기회에나 해보라고 했다. 마메르는 아빠 말에 기분이 상했는지 쿵쿵 발을 구르며 이리저리 돌아다니더니, 모두들 자기를 이용하고 있다며 계속 이럴 거면 자기 아빠를 불러올 거라고 했다. 그리고는 가버렸다.

"그럼 다음은 내 차례야."

이레네가 말했다.

"아니야, 내가 먼저야."

프뢱튀에가 말했다.

그러자 이레네는 들고 있던 골프채로 프뢱튀에의 머리를 쳤고, 프뢱튀에도 이레네의 따귀를 때렸다. 골프장 주인 아저씨가 달려왔다.

"이보쇼! 이 조무래기들 데리고 썩 나가쇼! 뒤에 기다리고 있는 사람들도 안 보이오?"

아저씨가 아빠에게 소리쳤다.

"거, 말 좀 부드럽게 할 수 없소? 이 아이들도 돈 내고 치는 거요. 이제 곧 시작할 참이라고요!"

아빠가 말했다.

"아저씨, 잘한다! 계속해요!"

파브리스가 신이 나서 말했다. 다른 친구들도 일제히 아빠 편을 들고 나섰다. 골프채를 휘두르며 싸우고 있던 프뤽튀에와 이레네만 빼고 말이다.

"정 그렇다면 경찰을 부르겠소."

미니 골프장 주인 아저씨가 말했다.

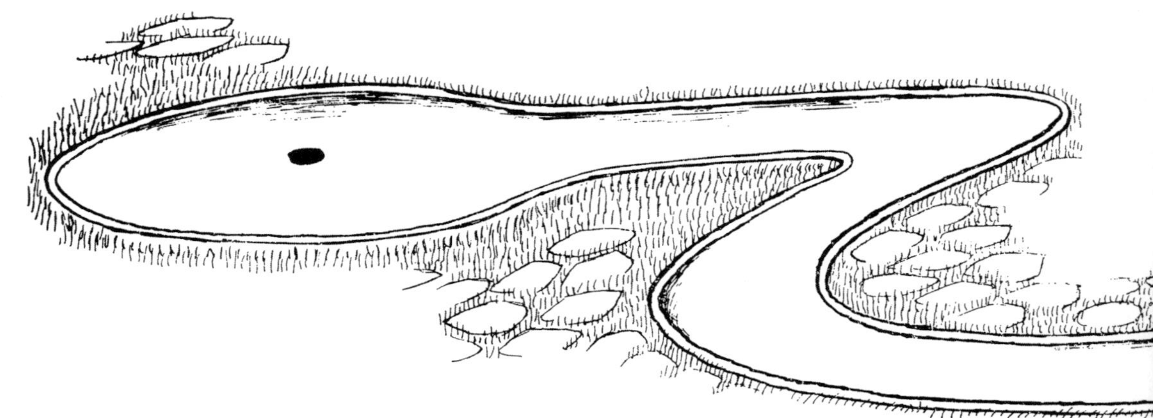

"좋을 대로 하쇼. 누가 옳은지 한번 봅시다."

아빠가 말했다. 골프장 주인 아저씨는 길가에 서 있던 경찰 아저씨를 불렀다.

"뤼시앵!"

주인 아저씨가 부르자 경찰 아저씨가 왔다.

"무슨 일이오, 에르네스트?"

경찰 아저씨가 골프장 주인 아저씨한테 물었다.

"이 양반이 다른 사람들 경기하는 걸 방해하고 있다네."

주인 아저씨가 대답했다.

뒤에서 기다리고 있던 어떤 아저씨가 참견하고 나섰다.

"맞아요. 삼십 분이나 기다렸는데, 아직 첫 코스

에도 못 들어갔소."

"나 참, 당신 나이에 미니 골프보다 재미있는 일이 그렇게도 없소?"

아빠가 그 아저씨에게 말했다.

"뭐라구요?"

이번엔 미니 골프장 주인 아저씨였다.

"아니, 미니 골프가 당신 맘에 안 든다고 다른 사람들까지 미니 골프를 좋아하지 말라는 건 무슨 경우요?"

"잠깐만요."

경찰 아저씨가 끼어들었다.

"미안하지만 저는 지금 조사중입니다. 느닷없이 골프공이 날아와 차를 긁어놨다고 어떤 분이 신고를 했거든요."

"좌우지간 내가 코스에 들어갈 수 있는 거요, 없는 거요?"

뒤에서 기다리던 다른 아저씨가 물었다.

그때 마메르가 자기 아빠와 함께 나타났다.

"저 아저씨예요!"

마메르가 우리 아빠를 가리키며 말했다.

"이보시오. 우리 아들을 친구들하고 못 놀게 한 게 바로 당신이오?"

마메르 아빠가 큰 소리로 물었다.

아빠도 큰 소리로 고함을 쳤다. 그러자 미니 골프장 주인도 소리를 질렀고, 마침내 모든 사람들이 소리를 지르기 시작했다. 경찰관 아저씨가 호루라기를 불었다. 결국 아빠는 우리를 데리고 골프장을 나왔다. 콤므는 불만이었다. 자기가 단 한 번에 공을 구멍에 넣었는데 아무도 봐주지 않았다는 거였다. 하지만 그건 분명 허풍이었을 거다.

하여튼 미니 골프장에서 아주 재미있게 놀았기 때문에 내일 두번째 코스를 하러 다시 가기로 했다.

아빠가 내일도 우리와 함께 골프장에 가줄지 모르겠다.

　니콜라 아빠는 다시는 미니 골프장에 가지 않겠다고 했다. 골프장은 생각하기도 싫다고 했다. 보 리바주 호텔의 스튜 요리만큼이나 미니 골프를 싫어하게 된 것이다. 니콜라 엄마는 스튜 같은 것 때문에 공연히 말썽 일으킬 필요는 없다며 니콜라 아빠를 달랬다. 그러나 니콜라 아빠는 말썽을 일으키는 건 자기가 아니라 비싼 숙박비를 받고 형편없는 음식을 내놓는 호텔이라고 했다. 설상가상으로 또다시 비가 오기 시작했다……

가게 놀이

여자애들은 놀 줄도 모르면서 걸핏하면 울고 문젯거리나 만들어낸다. 우리 호텔에는 여자애들이 세 명 있다. 이자벨, 미슐린, 그리고 지젤이다. 지젤은 내 친구 파브리스의 동생인데, 남매끼리 항상 티격태격한다. 파브리스는 지난번에 나에게 여자애를 동생으로 둔다는 건 정말 귀찮은 일이며, 앞으로도 계속 이런 식이라면 자기는 집을 나가버릴 거라고 했었다.

날씨가 좋아 해변에 나가 노는 날엔 여자아이들도 우리를 방해하지 않는다. 자기들끼리 한심한 놀이를 하며 논다. 모래로 음식을 만들기도 하고, 수다도 떨고, 색연필로

손톱을 빨갛게 칠하기도 한다. 하지만 우리 남자들은 굉장한 것들만 한다. 달리기, 재주넘기, 축구, 수영 같은 것들 말이다. 가끔은 싸우기도 하지만, 하여튼 우리가 하는 놀이는 전부 다 멋지다.

날씨가 좋지 않을 땐 사정이 달라진다. 남자애든 여자애든 호텔 안에만 있어야 하니까 말이다. 바로 어제가 그랬다. 날씨가 흐리더니 하루 종일 비가 왔다. 점심 식사 후, 아 참! 점심으로는 라비올리가 나왔는데, 스튜보다 백 배는 더 맛있었다. 점심 식사 후 부모님들이 모두 낮잠 자러 간 동안 나는 호텔 친구들인 블레즈, 프뤽튀에, 마메르, 이레네, 파브리스, 콤므와 함께 라운지에서 카드 놀이를 했다. 말썽도 안 피우고 얌전하게 말이다. 웃고 떠들지도 않았다. 비가 오면 엄마 아빠 들도 안 웃어주니까 말이다. 이번 휴가 동안에는 비가 자주 와서 엄마 아빠 들이 재미있게 웃어주는 일이 별로 없었다.

라운지에서 놀고 있는데, 여자애들 세 명이 들어왔다.

"오빠, 우리도 같이 놀아."

지젤이 말했다.

"귀찮게 굴지 말고 저리 가. 안 그러면 따귀를 때려줄 테야!"

파브리스가 대꾸했다. 그 말에 지젤은 기분이 상했다.

"같이 안 놀아주면 내가 어떻게 할 건지 알지, 오빠? 엄마 아빠한테 가서 다 일러바칠 거야. 그러면 오빠도, 오빠 친구들도 모두 벌받게 될 거야. 디저트를 못 먹게 될 거라구."

지젤이 말했다.

"아니야. 같이 놀 수 있게 해줄게."

마메르가 끼어들었다. 아, 바보 같은 마메르!

"야, 마메르. 네가 왜 참견이야?"

파브리스가 화난 목소리로 말했다. 그러자 마메르는 울면서, 자기는 벌받고 싶지 않다고, 디저트를 뺏기게 되느니 차라리 자살해버릴 거라고 소리쳤다. 우리는 난처해졌다. 마메르가 계속 시끄럽게 굴면 엄마 아빠 들이 모두 잠을 깰 테니 말이다.

"어떻게 하지?"

내가 이레네에게 물었다.

"할 수 없지 뭐."

이레네가 대답했다. 우리는 여자애들과 놀아주기로 결정했다.

"그런데 뭐 하고 놀아?"

뚱뚱한 미슐린이 물었다. 난 미슐린을 보면 알세스트 생각이 난다. 알세스트는 내 학교 친구인데, 먹는 걸 무지 좋아해서 항상 무언가를 먹고 있다.

"가게 놀이 하자."

이자벨이 말했다.

"너 미쳤냐?"

파브리스가 짜증을 냈다.

"그래? 좋아. 그러면 난 가서 아빠를 깨울 거야. 아빠가 자고 있을 때 깨우면 어떻게

되는지 오빠도 알지?"

지젤이 말했다. 그러자 마메르가 자기는 가게 놀이 하고 싶다며 또다시 울기 시작했다. 블레즈는 유치하게 가게 놀이 같은 걸 하느니 차라리 자기가 가서 파브리스 아빠를 깨우겠다고 했다. 프뢱튀에 의견은 달랐다. 오늘 저녁 디저트로는 초콜릿 아이스크림이 나온다는 거였다. 그러자 모두 가게 놀이를 하는 데 찬성했다.

지젤이 탁자 뒤편으로 가 서더니, 탁자 위에 카드와 재떨이들을 늘어놓고는 자기가 가게 주인이라고 했다. 탁자는 계산대고 탁자 위에 있는 것은 파는 물건들이며, 우리가 와서 그 물건들을 사야 한다는 거였다.

"그래, 좋아. 그럼 난, 아주 예쁘고 돈 많은 귀부인 할래. 자동차도 있고 밍크 코트도 여러 벌 있는 귀부인 말야."

미슐린이 말했다.

"나도 귀부인 할 거야. 더 부자고 더 예쁜 귀부인 말이야. 장 자크 삼촌처럼 빨간 시트가 깔린 자동차를 갖고 있고, 뾰족구두도 신은 귀부인."

이자벨이 말했다.

"그래, 그래. 그러면 콤므 오빠는 미슐린 남편 해."

지젤이 말했다.

하지만 콤므는 싫다고 했다.

"왜 싫어?"

미슐린이 물었다.

"네가 너무 뚱뚱하니까 그런 거지 뭐. 콤므 오빠 내 남편 하는 걸 더 좋아할걸?"

이자벨이 말했다.

"말도 안 돼!"

미슐린은 이렇게 말하고는, 콤므의 뺨을 때렸다. 그 모습을 보고 마메르가 울음을 터뜨렸다. 콤므는 마메르를 달래기 위해 자기는 누구 남편이어도 상관없다고 말했다.

"좋아. 그럼 시작해. 니콜라 오빠가 첫 손님으로 오는 거야. 그런데 오빠 아주 가난해서 먹을 것을 살 돈이 없어. 하지만 나는 너무너무 착해서 물건들을 그냥 주는 거야."

지젤이 말했다.

"난 같이 안 놀 거야. 이자벨이 내 흉을 봤으니까 말야. 아무하고도 말하고 싶지 않아."

미슐린이 뾰로통한 얼굴로 말했다.

"애걔걔, 괜히 삐친 척하네. 너도 나 없을 때 지젤한테 내 흉본 거 모를 줄 아니?"

이자벨이 말했다.

"뭐라구! 거짓말하지 마! 네가 나한테 지젤 흉봤잖아!"

미슐린이 소리쳤다.

그러자 옆에서 듣고 있던 지젤이 물었다.

“이자벨, 네가 미슐린한테 뭐라고 했는데?”

“아무 말도 안 했어. 난 미슐린한테 네 흉본 적 없단 말야.”

이자벨이 흥분해서 대답했다.

“너 정말 뻔뻔하구나.” 미슐린이 외쳤다.

“저번에 가게 진열대 앞에서 네가 나한테 지젤 흉봤잖아. 작은 장미꽃 무늬가 있는 검정색 수영복이 있던 가게 말야. 그 수영복 나한테 참 잘 어울릴 것 같았는데. 기억나지?”

“무슨 소리야! 그러는 너야말로 바닷가에서 지젤한테 내 흉봤다면서? 지젤이 다 말해줬어.”

이자벨이 소리질렀다.

“야, 너희들 가게 놀이 할 거야, 안 할 거야?”

파브리스가 소리쳤다.

그러자 미슐린이 무슨 상관이냐면서 파브리스를 손톱으로 할퀴었다.

“우리 오빠한테 그러지 마!”

지젤이 소리치며 미슐린의 머리를 잡아당겼다. 미슐린은 울면서 지젤의 뺨을 때렸다. 파브리스는 그 광경을 보며 재미있어했다. 하지만 마메르가 울기 시작했고, 여자애들도

엄청나게 소란을 피워댔다. 엄마 아빠 들이 우르르 라운지로 내려와 무슨 일인지 물었다.

"우리가 조용히 가게 놀이 하고 있는데 남자애들이 와서 훼방놨어요."

이자벨이 말했다. 우리는 벌로 디저트를 몰수당했다.

프뢱튀에 말이 맞았다. 오늘 저녁 디저트는 초콜릿 아이스크림이었다!

다시 해가 났다. 하지만 그날은 니콜라 가족의 휴가가 끝나는 날이었다. 친구들에게 작별 인사를 하고 짐을 꾸려 기차를 타야 했다. 보 리바주 호텔 주인이 기차 안에서 먹게 스튜 요리를 싸주겠다고 했지만 아빠는 거절했다. 하지만 거절한 건 잘못이었다. 왜냐하면 이번엔 소금이 아니라 삶은 달걀을 밤색 가방 안에 넣은 채 화물칸에 실어버렸기 때문이다.

집에 돌아왔더니

집에 오니까 참 좋다. 하지만 휴가 때 만난 친구들은 이제 없고, 동네 친구들은 아직 휴가 여행에서 돌아오지 않았다. 난 외토리가 되었다. 이건 정말 불공평하다. 나는 속이 상해서 울어버렸다.

"아! 또 시작이군! 아빠 내일부터 다시 일하러 가야 해. 그러니까 오늘은 푹 쉬고 싶단 말이다. 제발 그만 좀 귀찮게 해라."

아빠가 말했다.

"아유, 여보. 좀 참으세요. 아이들이 휴가에서 돌아오면 어떤지 당신도 잘 아시잖아요."

　엄마는 아빠에게 이렇게 말하고는 나를 꼭 안아주고, 눈물도 닦아주고 코도 풀어주었다. 그리고 나서 나한테 얌전히 놀고 있으라고 했다. 나는 나도 그러고 싶지만 뭘 하며 놀아야 할지 모르겠다고 대답했다.

　"강낭콩을 키워보면 어떨까?"

　엄마가 말했다. 강낭콩 키우기는 아주 재미있다고 했다. 강낭콩 한 개를 물에 적신 솜 위에 놓으면 얼마 안 가서 싹이 나고 잎이 자라면서 예쁜 강낭콩 덩굴이 되어가는 재미있는 놀이라고 했다. 엄마는, 어떻게 하는 건지는 아빠가 가르쳐주실 거라고 하고는 내 방을 정리하러 이층으로 올라갔다.

　거실 소파에 누워 있던 아빠는 한숨을 크게 내쉬더니 '솜 좀' 찾아오라고 했다. 그래서 난 욕실로 갔다. 별로 많이 어지르지는 않았다. 바닥에 세제 가루를 조금 엎질렀지만, 물만 약간 부으면 쉽게 치울 수 있을 거였다.

　나는 거실로 돌아와서 아빠에게 말했다.

　"솜좀 여기 있어요, 아빠."

　"솜좀이 아니라 솜이야, 니콜라."

　무엇이든지 다 알고 있는 아빠가 고쳐주었다. 아빠는 아빠가 내 나이였을 땐 언제나 반에서 일등만 하는 모범생이었다고 했다.

　"그건 그렇고…… 부엌에 가서 강낭콩 한 개만 찾아와라."

　아빠가 말했다.

하지만 나는 강낭콩을 찾을 수가 없었다. 과자도 있나 찾아보았지만 없었다. 휴가를 떠나면서 엄마가 먹을 것을 다 치워버렸기 때문이다. 있는 거라고는 찬장에 넣어두고 잊어버린 작은 치즈 조각뿐이었다. 그 치즈가 고약한 냄새를 풍기는 바람에 휴가에서 돌아오자마자 부엌 창문을 활짝 열어놓아야 했다.

나는 거실로 와서 강낭콩이 없다고 이야기했다. 그러자 아빠는 다시 신문을 펴들며 말했다.

"그래? 그럼 어쩔 수 없지."

나는 울면서 소리쳤다.

"난 강낭콩을 키우고 싶어요! 강낭콩을 키우고 싶다구요! 강낭콩을 키우고 싶다니까요!"

"니콜라, 너 볼기 맞고 싶어?"

정말 믿을 수가 없는 일이었다. 강낭콩을 키워보라고 할 땐 언제고, 이젠 집에 강낭콩이 없다고 날 야단치다니! 난 울기 시작했다. 이번엔 진짜였다.

이층에서 내려온 엄마에게 이야기했더니 엄마가 말했다.

"요 앞 식료품 가게에 가서 강낭콩 하나만 달라고 해보려무나."

"그래, 그게 좋겠다. 서두르지 말고 천천히 갔다와라."

아빠도 그러라고 했다.

나는 콩파니 아저씨네 가게로 갔다. 콩파니 아저씨는 우리 동네 식료품 가게 주인 아저씨인데, 내가 가게에 가면 비스킷을 주곤 한다. 참 좋은 아저씨다. 하지만 이번에

는 아무것도 받지 못했다. 가게가 닫혀 있었기 때문이다. 문에는 '휴가중'이라는 쪽지가 붙어 있었다.

나는 집으로 달려왔다. 아빠는 계속 소파에 누워 있었지만, 신문을 읽는 것이 아니라 얼굴에 덮고 있었다.

"콩파니 아저씨 가게는 문이 닫혔어요. 그래서 강낭콩도 없어요!"

내가 소리쳤다.

아빠가 펄쩍 뛰어 일어나 앉았다.

"엉? 뭐야? 무슨 일이야?" 아빠가 물었다. 아빠에게 다시 설명을 해줘야 했다. 아빠는 한손으로 얼굴을 훔치고는 푹푹 한숨만 내쉬었다. 자기도 어떻게 해줄 수가 없다고 했다.

"그러면 물 묻힌 솜좀 조각 위에 무얼 기르죠?"

"솜좀 조각이 아니야. 솜 조각이라고 해야지."

아빠가 대답했다.

"아빠가 솜좀이라고 했잖아요."

"니콜라, 그만 해! 이제 네 방에 가서 놀아!"

아빠가 소리쳤다.

나는 울면서 내 방으로 올라갔다. 내 방에서는 엄마가 청소를 하고 있었다.

"안 돼, 니콜라. 여기 들어오지 말고 거실에 내려가서 놀아. 강낭콩 기르기를 해보라고 얘기했잖아."

엄마가 말했다.

나는 다시 거실로 돌아왔다. 아빠가 소리를 지를까 봐 엄마가 내려가라고 했다고, 그 말을 안 들으면 엄마가 화낼 것 같아서 내려왔다고 재빨리 설명했다.

"좋아. 대신 얌전히 있어야 돼."

아빠가 말했다.

"그런데 강남콩은 어디서 구하죠?"

내가 물었다.

"아, 강남콩은 표준말이 아니고, 뭐라고 해야 하냐면……."

아빠는 말을 하다 멈추고 나를 힐끗 쳐다보더니 머리를 긁적였다.

"부엌에 가서 팥이 있나 찾아봐라. 강낭콩 대신 그걸로 해보자."

팥은 있었다. 난 아주 기뻤다. 아빠는 솜을 어떻게 적셔야 하는지, 그리고 그 위에 팥을 어떻게 놓아야 하는지 가르쳐주었다.

"이제 그걸 전부 접시 위에 올려놓고 창가에 둬라. 그러면 나중에 싹도 나고 잎도 날 거야."

아빠는 이렇게 말하고는 다시 소파에 누웠다.

난 아빠가 시키는 대로 하고 나서 기다렸다. 하지만 아무리 기다려도 싹이 나오지 않았다. 뭐가 잘못되었는지 생각해보았지만, 도저히 알 수가 없어서 다시 아빠한테 갔다.

"또 뭐야?"

아빠가 소리쳤다.

"팥에서 줄기가 안 나와요."

내가 말했다.

"너 진짜 볼기짝을 맞고 싶은 모양이구나?"

아빠가 소리쳤다.

나는 집을 나가버리겠다고 했다. 난 정말 불행하다고, 이제 다시는 아무도 나를 볼 수 없을 거라고, 그리고 그때 가서 후회해봐야 소용없을 거라고, 또 팥이 어쩌고저쩌고 한 얘기도 전부 다 거짓말이라고 소리쳤다. 엄마가 거실로 달려왔다.

"당신, 아들한테 좀 참을성 있게 대할 수 없어요? 난 집 안 청소를 해야 돼요. 니콜라를 돌봐줄 시간이 없다구요. 내 생각엔 말이죠……."

엄마가 아빠에게 말했다.

"내 생각에 남자는 자기 집에서 쉴 수 있어야 해!"

엄마 말이 채 끝나기도 전에 아빠가 끼어들어 말했다.

"역시 우리 엄마 말이 옳았어. 불쌍한 우리 엄마. 그때 엄마 말을 들었어야 했는

86

데……."

엄마가 중얼거렸다.

"지금 당신 엄마가 무슨 상관이야! 그리고 당신 엄마가 뭐가 불쌍해!"

아빠가 소리쳤다.

"이젠 우리 엄마까지 모욕하는군요!"

엄마도 소리를 질렀다.

"내가 당신 엄마를 모욕했다고?"

아빠가 외쳤다.

그러자 엄마는 울기 시작했고, 아빠는 거실을 왔다갔다 하면서 소리를 질러댔다.

옆에 있던 나는 당장 내 팔에서 싹이 나오게 해주지 않으면 자살해버릴 거라고 했다. 그러자 엄마가 날 붙잡고 볼기짝을 때렸다.

어른들이 휴가에서 돌아왔을 땐 정말 참아주기 힘들다!

새 학기가 시작되었는가 했는데 어느새 일 년이 훌쩍 지나갔다. 다들 열심히 공부했다. 학기말 종업식이 끝나고 나자, 니콜라, 알세스트, 뤼퓌스, 외드, 조프루아, 맥상, 조아생, 클로테르, 아냥은 약간 슬퍼하면서 헤어졌다. 그러나 저만치서 방학이 손짓하고 있었기 때문에 꼬마들의 어린 가슴은 곧 즐거움으로 가득 찼다.

하지만 니콜라는 불안했다. 니콜라 집에서는 아직까지 아무도 여름 휴가 이야기를 꺼내지 않고 있었기 때문이다.

어른스러워야 해

우리집에선 아직까지도 휴가 이야기가 나오지 않고 있다! 이상했다. 이맘때쯤이면 틀림없이 아빠가 어딘가로 가고 싶다고 말을 꺼냈을 거고, 엄마는 다른 데로 가고 싶다고 해서 말썽이 끊이질 않았을 텐데 말이다. 엄마 아빠는 어디로 가느냐로 한참 옥신각신하다가, 정 그러면 아무 데도 가지 말고 집에 남아 있는 게 낫겠다고 할 거고, 그러면 나는 울어버릴 거고, 결국 엄마가 가고 싶어하는 데로 가게 되는 건데…… 그런데 올해는 아무 일도 일어나지 않고 있으니, 도대체 어떻게 된 걸까?

학교 친구들은 모두 휴가 떠날 준비를 하고 있다. 아빠가 아주 부자인 조프루아는 바닷가에 있는 커다란 별장으로 휴가를 갈 거라고 했다. 거기엔 자기만 들어갈 수 있는 모래사장이 있다고 자랑도 했다. 자기말고 다른 사람은 아무도 거기서 모래 장난을 할 권리가 없다는 거였다. 하지만 그 말은 아마 거짓말일 거다. 조프루아는 허풍쟁이니까.

아냥은 반에서 일등이고, 담임 선생님의 귀염둥이다. 그애는 방학 동안 여름학교에 다니며 영어를 배울 거라고 했다. 아냥은 정말 바보다.

알세스트는 페리고르 지방에서 육류 가공업을 하고 있는 아빠 친구 집에 간다고 했다. 거기서 송로버섯(프랑스 요리에서 최고로 치는 식용 버섯—옮긴이) 요리를 먹을 거라고 했다. 다른 친구들도 모두 비슷비슷했다. 바다나 산으로 떠나고, 아니면 시골 할머니 댁에라도 간다고 했다. 어디로 갈지 모르는 애는 나밖에 없었다. 정말 짜증나는 일이었다. 내가 방학을 좋아하는 이유 중 하나가 휴가 가기 전이나 갔다 와서 휴가에 대해 친구들과 이야기꽃을 피우는 일인데 말이다.

집에 와서 엄마에게 이번 휴가는 어디로 갈 거냐고 물었다. 엄마는 표정이 이상해지더니 내 머리를 껴안고는 아빠가 돌아오시면 이야기하자고, 지금은 정원에 나가 놀고 있으라고 했다.

나는 정원으로 나가서 아빠를 기다렸다. 아빠가 오길래 아빠한테 뛰어갔다. 아빠는 날 안아올려 높이 던졌다가 다시 받았다. 나는 아빠한테 올 여름 휴가는 어디로 가냐고 물었다. 그러자 아빠는 나를 내려놓으며, 그건 집 안으로 들어가서 이야기하자고 했다. 안으로 들어갔더니 엄마가 거실에 앉아 있었다.

"이제 때가 된 것 같아."

아빠가 말했다.

"그래요. 그렇지 않아도 아까 니콜라가 저에게 묻더라구요."

엄마가 대답했다.

"그럼 이야기를 해줬어야지."

"당신이 하세요."

"왜 내가 해야 돼? 당신이 해도 되잖아."

아빠가 물었다.

"제가요? 아니에요. 당신이 하세요. 당신이 생각해낸 일이잖아요."

엄마가 대답했다.

"잠깐, 당신도 내 생각에 찬성했잖소. 그렇게 하는 게 애한테도 좋을 거라고 말이오, 물론 우리한테도 좋지만…… 꼭 내가 아니더라도 당신이 대신 말해줄 수도 있잖아."

아빠가 말했다.

들고 있던 내가 끼어들었다.

"어? 지금 휴가 이야기 하는 거 맞아요? 아니에요? 친구들은 다 떠난다구요. 우리가 어디로 갈 건지, 거기서 뭘 하게 될 건지, 빨리 친구들한테 얘기해줘야 돼요. 그렇지 않으면 나만 바보가 돼버린단 말이에요."

아빠는 소파에 앉더니, 내 손을 잡고 무릎 위로
끌어당겼다.

"어디 보자, 우리 니콜라 이제 다 컸네, 그렇
지?"

아빠가 물었다.

"그럼요! 이젠 어른인 걸요!"

엄마가 끼어들었다.

나는 누가 나보고 어른이 다 됐다고 말하는 걸 별로 좋아하
지 않는다. 보통 그렇게 말한 뒤엔 내가 좋아하지 않는 일들
을 시키기 때문이다.

"내 생각에 우리 니콜라는 분명히 바다에 가고 싶어할 텐데…… 그렇지?"

아빠가 물었다.

"네, 물론이죠!"

나는 힘차게 대답했다.

"바다에 가서 수영도 하고, 물고기도 잡고…… 또, 모래사장에서 놀기도 하고, 숲에
서 산책도 하고 말야."

"숲도 있어요? 그러면, 작년에 갔던 데말고 다른 데로 가는 거예요?"

내가 물었다.

그때 엄마가 나서서 말했다.

"여보, 아무래도 안 되겠어요. 그게 정말 좋은 생각인지 어떤지 판단이 안 서요. 그만두죠. 내년쯤에나……."

"안 돼! 한번 결정한 건 끝까지 밀고 나가야지. 마음 좀 굳게 먹으라구, 제발! 우리 니콜라는 이제 다 컸기 때문에 사리분별을 잘할 거야. 그렇지, 니콜라?"

아빠가 말했다.

나는 그렇다고, 사리분별을 엄청 잘할 거라고 대답했다. 내가 좋아하는 바다하고 숲 이야기가 나와서 나는 아주 들뜬 상태였다. 사실, 숲에서 산책하는 건 바다에서 노는 것보다는 덜 재미있다. 숨바꼭질할 때만 빼고 말이다. 그래도 숨바꼭질은 끝내주게 재미있다.

"그럼, 호텔로 가는 거예요?"

내가 물었다.

"꼭 그런 건 아니고…… 내 생각엔 천막에서 잘 것 같구나. 너는 잘 모르겠지만, 천막생활은 아주 멋지단다……."

나는 뛸 듯이 기뻤다.

"천막이요? 도로테 아줌마가 사준 책에 나오는 인디언들처럼?"

내가 물었다.

"그래. 바로 그거야." 아빠가 대답했다.

"우와!"

난 환호성을 질렀다.

"그럼 아빠가 천막 칠 때 나도 같이 해도 되죠? 음식 만들 때 불 지피는 것도요. 또…… 엄마한테 커다란 물고기를 잡아다 주게 잠수낚시 하는 법도 가르쳐줄 거죠? 우와, 신난다! 신난다!"

아빠가 몹시 더운 듯 손수건으로 얼굴을 닦더니 이렇게 말했다.

"니콜라, 우리 남자 대 남자로 이야기해야 할 것 같구나. 너도 이젠 사리분별을 잘 해야 될 나이야."

엄마도 말했다.

"다 큰 어른처럼 착하게 행동하면, 오늘 저녁 디저트로 파이를 해줄게."

"그리고 아빠는 네 자전거를 고쳐줄게. 고쳐달라고 한 지 꽤 오래되었지? 그리고 말인데…… 네게 설명할 게 좀 있단다……."

"전 부엌에 가 있을게요."

엄마가 말했다.

"아니! 같이 있어요! 같이 이야기하기로 했잖아……."

아빠는 헛기침을 몇 번 하고 나서 내 어깨에 양손을 얹으며 말했다.

"니콜라, 내 아들아. 우린 너와 함께 휴가 가지 않을 거야. 넌 다 큰 어른처럼 혼자서 갈 거라구."

"혼자 간다구요? 엄마 아빠는 안 가고요?"

내가 물었다.

"니콜라! 부탁이다, 내 얘기를 잘 듣고 나서 생각을 좀 해보렴. 엄마하고 나는 여행을 할 거야. 그런데 생각해보니까, 그 여행이 네겐 별로 재미가 없을 것 같거든? 그래서 너를 여름 캠프에 보내기로 결정했단다. 그게 너에게도 좋을 거야. 네 또래 친구들하고 함께 지내면 아주 재미있을 거라구……."

아빠가 말했다.

"물론 엄마 아빠하고 처음으로 떨어져 지내는 거지, 니콜라. 하지만 다 너를 위해서란다."

엄마도 말했다.

"어때, 니콜라…… 네 생각은 어떠니?"

아빠가 조심스럽게 물었다.

"멋져요!"

나는 환호성을 지르며 거실에서 춤을 추기 시작했다. 여름 캠프는 분명히 멋질 거다. 친구들도 엄청 많이 사귈 수 있을 거고, 소풍도 가고, 놀이도 하고, 모닥불을 피워놓고 둘러앉아 노래도 부르고…… 나는 너무 기뻐서 엄마 아빠에게 번갈아가며 뽀뽀를 했다.

디저트로 나온 파이는 아주 맛있었다. 나는 파이를
잔뜩 먹었다. 엄마 아빠는 파이에 손도 안 댔기 때문이
다. 이상한 건 엄마 아빠가 줄곧 굉장히 놀란 눈으로 나
를 바라보았다는 거다. 어떻게 보면 화가 난 것 같기도

했다.

　엄마 아빠가 왜 그랬는지 잘 모르겠다. 하지만 난 아주 어른스럽게 행동했다고 생각하는데…… 그게 아니었나?

니콜라의 여름 캠프 준비는 순조롭게 진행되었다. 애 혼자만 보낸다고 걱정이 태산 같은 메메(할머니를 일컫는 유아어—옮긴이)가 열일곱 번이나 전화를 한 것만 빼면 말이다. 한 가지 이상한 것은 니콜라 엄마의 눈에 계속 뭐가 들어가 눈물이 나온다는 것이었다. 손수건으로 아무리 닦아내도 소용이 없었다……

출발

오늘 나는 여름 캠프에 간다. 그래서 기분이 아주 좋다. 한 가지 찜찜한 일은 엄마 아빠가 좀 슬퍼 보인다는 거다. 엄마 아빠만 집에 남아 있게 되어서 그런 것 같았다.

엄마가 가방 싸는 걸 도와주었다. 가방 안에 반팔 티셔츠, 반바지, 운동화, 장난감 자동차, 수영복, 수건, 장난감 기차, 삶은 달걀, 바나나, 햄 치즈 샌드위치, 새우잡이 그물, 긴팔 스웨터, 양말, 구슬을 넣었다. 가방이 별로 크지 않았기 때문에 짐을 몇 개 더 싸야 했다. 짐이 좀 많은 것 같긴 하지만, 괜찮겠지 뭐.

기차를 놓칠까 봐 겁이 났다. 그래서 점심을 먹자마자 아빠에게 곧장 역으로 가야

되는 거 아니냐고 물었다. 하지만 아빠는 기차는 저녁 여섯시에 출발하니 아직 여유가 있다면서 내가 엄마 아빠하고 빨리 헤어지고 싶어 안달이 난 것처럼 보인다고 했다. 엄마는 눈에 뭐가 들어간 것 같다며 손수건을 들고 부엌으로 갔다.

엄마 아빠가 왜 그러는지 난 정말 모르겠다. 엄마 아빠는 어쩔 줄 몰라했다. 그래서 나는 아무 말도 할 수가 없었다. 한 달 동안이나 엄마 아빠를 못 본다는 생각을 하니 목에 커다란 덩어리가 걸려 있는 것만 같았다. 하지만 엄마 아빠에게 차마 그 말은 못 했다. 그런 말을 하면 엄마 아빠가 아직도 아기 같다며 날 놀려댈 게 뻔하니까 말이다.

출발 시간을 기다리며 뭘 해야 할지 몰라서 구슬을 꺼내려고 가방 안에 있는 것들을 전부 들어냈다. 그러자 엄마가 기분 나빠했다.

"애가 도대체 가만있질 못하네요. 그냥 지금 출발하는 게 낫겠어요."

엄마가 아빠에게 말했다.

"기차 시간까진 아직 한 시간 반이나 남았어."

아빠가 말했다.

"사람들이 많아지기 전에 미리 역에 도착하면 좋잖아요. 북새통도 피할 수 있고……."

"그럼 그렇게 하지 뭐."

아빠가 대답했다.

우리는 차를 타고 역으로 향했다. 하지만 다시 집에 갔다와야 했다. 가방을 차에 싣는 걸 잊어버렸기 때문이다.

역에는 사람이 굉장히 많았다. 그리고 여기저기서 소리를 지르며 다니는 사람들 때문에 엄청 시끄러웠다. 우리는 주차할 자리를 찾아 헤매다가 결국 역에서 아주 멀리 떨어진 곳에 차를 세웠다. 그런 다음엔 한참 동안 아빠를 기다려야 했다. 가방을 차에 두고 내려서 아빠가 다시 갔다와야 했기 때문이다. 아빠는 엄마가 가방을 들고 온 줄 알았다고 했다.

역 안으로 들어가면서 아빠는, 사람이 많아 서로 헤어지게 될지 모르니까 함께 다니자고 했다. 제복을 입은 어떤 아저씨를 보고 아빠는 그 아저씨한테 다가갔다. 얼굴이 빨갛고 모자를 삐딱하게 쓴, 좀 이상하게 생긴 사람이었다.

"실례합니다만, 11번 개찰구가 어딘지 좀 가르쳐주시겠소?"

아빠가 물었다.

"10번하고 12번 사이에 있겠죠. 내가 아까 그 근처를 지나갔을 때까진 거기 있었소만."

그 아저씨가 대답했다.

"이봐요, 당신……."

아빠가 어이없다는 표정을 지으며 말했다. 엄마는 아빠한테 공연히 흥분해서 싸울 필요 없다고, 그냥 우리끼리 찾아도 된다고 말했다.

우리는 사람들로 가득 찬 개찰구에 도착했다. 아빠가 입장권을 샀다. 전부 해서 세 장이나 사야 했다. 처음엔 엄마와 아빠 걸로 두 장만 샀지만, 아빠가 입장권 발매기 앞에 가방을 두고 와서 다시 갔다와야 했기 때문이다.

"자, 자, 침착해. Y번 객차를 찾으면 돼."

아빠가 말했다.

개찰구에서 가장 가까이 있는 객차는 A번이었기 때문에, 한참을 걸어야 했다. 가방과 바구니가 잔뜩 쌓인 짐차와 사람들 때문에 걷기가 쉽지 않았다. 걸어가다가 어떤 뚱뚱한 아저씨가 들고 있던 우산이 내 새우잡이 그물에 걸렸다. 그 아저씨와 아빠가 옥신각신하자 엄마가 아빠 팔을 잡아당겼다. 그 바람에 아저씨 우산이 바닥에 떨어졌다. 하지만 이번엔 싸우지 않고 잘 넘어갔다. 역 안이 너무 시끄러워서 그 아저씨의 고함 소리가 잘 안 들렸기 때문이다.

Y번 객차 앞에는 내 또래 아이들을 데리고 온 엄마 아빠 들로 가득했다. 한 아저씨가 '푸른 캠프'라고 쓰인 푯말을 들고 서 있었다. 바로 내가 갈 캠프 이름이었다. 모인 사람들이 모두 고래고래 소리를 지르고 있었다. 푯말을 든 아저씨는 다른 손에는 서류 뭉치를 들고 있었다. 아빠가 가서 그 아저씨에게 내 이름을 말했다. 그러자 아저씨는 서류를 뒤적이더니 누군가에게 소리쳤다. "레투프 씨! 당신 반 애가 여기 또 한 명 있소!"

이름이 불린 아저씨가 다가왔다. 키가 아주 컸고, 나이는 열일곱 살은 되어 보였다. 내 친구 외드네 형도 열일곱 살인데, 그 형은 외드에게 권투를 가르쳐준다.

"안녕, 니콜라. 난 제라르 레투프라고 한단다. 네가 속한 팀의 팀장이지. 우리 팀 이름은 '살쾡이 팀'이라고 할 거야."

팀장 선생님이 악수하자고 나에게 손을 내밀었다. 나는 기분이 아주 좋았다.

"잘 부탁합니다, 선생님."

아빠가 웃으며 말했다.

"걱정 마세요. 돌아올 때쯤이면 알아보기 힘들 정도로 달라져 있을 겁니다."

팀장 선생님이 말했다.

엄마는 또 눈에 뭐가 들어가서 손수건을 꺼내야 했다. 그때 한 아줌마가 어떤 애 손을 잡고 우리 팀장 선생님한테로 왔다. 학교 친구 아냥과 비슷하게 생긴 애였다. 안경을 껴서 그런 것 같았다. 그애 엄마가 선생님에게 말했다.

"애들을 감독하는 선생님치고는 너무 젊으신 거 아닌가요?"

"그렇지 않습니다, 어머니. 저는 정식 지도교사 자격증도 있어요. 조금도 걱정하실 것 없습니다."

우리 팀장 선생님이 대답했다.

"그렇다면야 괜찮겠지만…… 그런데 음식은 어떻게 조리하시나요?"

아줌마가 다시 물었다.

"예? 무슨 말씀이시죠?"

선생님이 되물었다.

"그러니까, 음식을 조리할 때 버터를 사용하는지 아니면 식물성 기름을 사용하는지 묻는 거예요. 아니면 동물성 기름을 쓰는지요. 왜 묻냐면 말이죠, 미리 알려드리겠는데, 우리 아이는 동물성 기름을 못 먹거든요. 아주 간단한 얘기죠. 만일 우리 애가 아프기를 바라신다면 동물성 기름을 먹이시라구요!"

"하지만 어머니……."

선생님이 말했다.

그러나 그 아줌마는 선생님이 대꾸할 틈도 안 주고 계속 말했다.

"그리고 말이죠, 식사 후에는 꼭 이 약을 먹이도록 하세요. 다시 한번 강조하지만 동물성 기름은 안 돼요. 약을 먹고도 아프면 큰일이니까요. 그리고 암벽등반 할 때는 추락하지 않게 조심해주세요."

"암벽등반이라구요? 무슨 암벽등반 말씀이시죠?"

선생님이 물었다.

"아, 있잖아요. 산에서 하는 거 말예요!"

아줌마가 대답했다.

"등산이요? 우리가 가는 곳엔 산이 없는데요. 우린 플라주 레 트루 해변으로 가거든요."

우리 팀장 선생님이 말했다.

"뭐라구요! 플라주 레 트루 해변이라구요?"

아줌마가 소리쳤다.

"아니, 사팽 레 소메로 간다고 하더니, 계획이 뭐 이래! 참 잘들 하는군요! 아까도 말했지만, 당신네들 아무래도 이런 일 하기엔 너무 어리다니까……."

그때 제복 입은 아저씨가 지나가며 말했다.

"부인, 사팽 레 소메로 가는 기차는 4번 개찰구입니다. 서두르셔야 할 겁니다. 삼 분

후에 출발이거든요."

"어머나! 이걸 어쩌지! 아이 참, 선생님들하고 이야기할 시간도 없겠네!"

아줌마는 놀라서 펄쩍 뛰더니, 아냥을 닮은 아이를 데리고 뛰어가버렸다.

호루라기 소리가 크게 들려왔다. 모두들 소리치며 앞을 다투어 기차 안으로 올라갔다. 제복 입은 아저씨가 푯말을 든 아저씨에게 다가가더니, 호루라기로 장난치는 꼬마좀 말려달라고 했다. 그애 때문에 모든 게 뒤죽박죽이 된다는 거였다. 그 말을 듣고 어떤 애들은 기차에서 내리려고 하고, 또 어떤 애들은 계속 올라타려고 해서 큰 소동이

벌어졌다. 기차 앞에 죽 늘어선 엄마 아빠 들은 자기 애를 향해 계속 뭐라고 소리를 질러댔다. 잊지 말고 편지 쓰라고도 했고, 이불 잘 덮고 자라고도 했고, 말썽부리지 말라고도 했다. 우는 애들도 있었고, 플랫폼에서 축구를 하겠다고 소리를 지르고 다니는 애들도 있었다. 한마디로 엄청난 난장판이었다. 제복 입은 아저씨가 부는 호루라기 소리도 제대로 안 들릴 지경이었다. 그 아저씨는 호루라기를 힘껏 부느라 휴가에서 막 돌아온 사람처럼 얼굴이 벌겋게 달아올라 있었다. 모두들 작별의 포옹을 하고 난 후, 기차가 바다를 향해 출발했다.

창 밖을 내다보니, 우리 아빠 엄마와 다른 엄마 아빠 들이 손수건을 흔들며 작별 인사 하는 게 보였다. 나는 마음이 아팠다. 이상한 일은, 떠나는 건 우리들인데 엄마 아빠 들이 우리보다 훨씬 더 피곤해 보였다는 거다. 나는 왠지 울고 싶어졌다. 하지만 울지 않았다. 어쨌든 방학은 재미있게 놀기 위해 있는 거니까. 그리고 모든 게 잘 되어나갈 거니까.

하지만 가방이 끝까지 문제였다. 엄마 아빠가 다른 기차 편으로 보내주겠지 뭐.

니콜라는 씩씩하게 혼자 캠프로 떠났다. 저 멀리 승강장 끝까지 와 있는 엄마 아빠 모습이 조그맣게 멀어져가자 한순간 마음이 약해졌지만, 팀별로 모두 모이라는 집합 구호가 들리자 니콜라답게 곧 기운을 차리게 되었다…….

용기를 내!

기차 여행은 아주 좋았다. 목적지에 도착하려면 기차 안에서 꼬박 밤을 새워야 했다. 객차 안으로 들어가니, 선생님이 내일 아침 캠프에 도착해서도 쌩쌩하려면 지금 잠을 자두어야 한다고 말했다. 내가 생각해도 그럴 것 같았다. 우리 팀 팀장 선생님은 이름이 제라르 레투프라고 했다. 아주 멋진 선생님이었다. 팀장 선생님이라고 한 건, 선생님이 설명한 대로 앞으로 열두 명씩 한 팀이 될 거고, 각 팀마다 선생님이 한 명씩 있기 때문이다. 선생님이 우리 팀의 이름은 '살쾡이'이며, 집합 구호는 '용기!'라고 가르쳐주었다.

물론 우리는 잠을 푹 잘 수가 없었다. 거기엔 몇 가지 이유가 있었다. 집으로 돌아가고 싶다고 징징거리는 애가 한 명 있었는데, 다른 애가 그애보고 계집애 같다며 놀렸다. 그러자 울던 애가 놀리는 애의 따귀를 한 대 때렸고, 결국 둘이서 같이 울게 되었다. 팀장 선생님이 그애들한테, 그렇게 계속 울면 밤새도록 복도에 세워놓을 거라고 했다. 그러고 있는데 어떤 애가 가방에서 과자를 꺼내 먹었다. 그걸 보고 다른 애들도 모두 배가 고파져서 각자 가방에서 간식거리를 꺼내서 먹었다. 먹느라고 입을 움직이고 있으면 잠이 잘 안 온다. 특히 비스킷을 먹을 땐 소리도 시끄럽고 부스러기도 많이 생겨서 더욱 그렇다.

잠을 제대로 못 잔 이유 중엔 애들이 자리에서 일어나 객차 끝에서 끝까지 왔다갔다 한 것도 있다. 그중에 돌아오지 않은 애가 하나 있었다. 그래서 팀장 선생님이 그애를 찾으러 갔다. 나중에 알고 보니 객차와 객차를 연결하는 통로의 문이 잠겨서 그랬다고 했다. 문을 열려면 검표원 아저씨를 불러야 했다. 그애가 무섭다고 소리를 질러대서 모두 신경이 날카로워졌다. 조금 후에 그애가 구출되었다. 왜 무서웠냐고 물어보니까 그애는, 기차가 역에 정지했을 때 그 안에 있으면 안 된다고 벽에 써 있었는데, 자기가 그 안에 갇힌 채로 역에 정지할까 봐 그랬다는 거였다.

하지만 밖으로 나온 후에 그애는, 사실은 아주 재미있었다고 자랑했다. 팀장 선생님이 모두 자기 칸으로 돌아가라고 했다. 그런데 자기 칸으로 돌아가는 것도 정말 문제였다. 우린 전부 자리를 떠나 있었고, 자기가 어느 칸에 타고 있었는지 제대로 아는 애가 하나도 없었기 때문이다. 아이들은 이칸 저칸 뛰어다니며 문을 열어보았다. 어떤

칸에선가 어른 한 명이 성이 나서 시뻘겋게 된 얼굴을 밖으로 내밀었다. 그 아저씨는 우리가 계속 소란을 피운다면 철도 회사에 고발하겠다고 소리쳤다. 자기 친구가 철도 회사에서 아주 높은 자리에 있다고 했다.

우리는 교대로 잠을 잤다. 아침이 되어 플라주 레 트루에 도착했다. 역 앞에는 우리를 캠프로 데려갈 버스들이 기다리고 있었다. 우리 팀장 선생님은 정말 굉장했다. 별로 피곤해 보이지 않았으니 말이다. 밤새도록 기차 복도를 뛰어다니고, 잠긴 연결 통로 문을 세 번이나 열어야 했는데도 말이다. 두 번은 거기 갇힌 아이들을 꺼내주기 위해서였고, 한 번은 자기 친구가 철도 회사 직원이라고 한 아저씨를 꺼내주기 위해서였다. 그 아저씨는 고맙다고 팀장 선생님에게 자기 명함을 주었다.

버스에 탄 우리는 일제히 소리를 지르기 시작했다. 그러자 팀장 선생님이 우리에게, 소리지르는 대신 노래를 부르면 어떻겠냐고 했다. 선생님은 우리에게 멋진 노래들을 가르쳐주었다. 하나는 숲속의 오두막집에 대한 거였고, 다른 하나는 세상의 모든 길에는 조약돌이 있다는 노래였다. 하지만 조금 있다가 팀장 선생님은 차라리 소리지르는 게 더 낫겠다고 했다. 잠시 후, 드디어 캠프에 도착했다.

난 조금 실망했다. 물론 캠프는 좋았다. 나무도 있고 꽃도 있었다. 하지만 천막은 없었다. 나무로 만든 집에서 자야 했다. 난 인디언처럼 천막에서 지내게 될 거라고 생각했는데 말이다. 그게 훨씬 재미있을 텐데. 우리는 캠프 한가운데로 모였다. 아저씨 두 명이 우리를 기다리고 있었다. 한 아저씨는 대머리였고 다른 아저씨는 안경을 끼고 있었다. 그리고 둘 다 반바지를 입고 있었다. 대머리 아저씨가 우리에게 말했다.

푸른 캠프

"어린이 여러분, 푸른 캠프에 온 것을 기쁜 마음으로 환영합니다. 여러분은 우리 캠프의 건전하고 순수하고 가족적인 분위기 속에서, 그야말로 멋진 휴가를 보내게 될 것입니다. 우리는 계획된 훈련 과정을 통해 여러분이 어엿한 사내 대장부로서 자신의 미래를 준비할 수 있도록 성심성의껏 도와드리겠습니다. 제 이름은 라토이며 이 캠프의 책임자입니다. 그리고 여기 소개할 이분은 우리 캠프의 총무인 즈누 선생님입니다. 앞으로 즈누 총무 선생님이 맡은 일을 수행할 때 여러분은 적극 협조해주시기 바랍니다. 또한 여러분들의 큰형뻘인 팀장 선생님들의 말씀도 잘 따라주시기 바랍니다. 이제 팀장 선생님들이 팀별로 배정된 막사로 여러분을 데려갈 겁니다. 바닷가에 갈 준비를 하고 십 분 후에 다시 이곳으로 모이기 바랍니다. 첫번째 해수욕이 있을 겁니다."

"푸른 캠프, 만세!" 누군가가 외쳤다. 그러자 아이들도 "만세!" 하고 따라했다. 세 번을 그렇게 반복하니 아주 재미있었다.

팀장 선생님이 우리 살쾡이 팀 열두 명을 배정된 막사로 데리고 갔다. 선생님은 우리에게 각자 쓸 침대를 고른 후에 짐을 풀라고 했다. 그리고 팔 분 후에 다시 올 테니 그때까지 수영복으로 갈아입으라고 말하고는 밖으로 나갔다.

"저 문 옆에 있는 침대는 내 거야."

키가 큰 어떤 애가 말했다.

"왜 네 거야?"

다른 애가 물었다.

"내가 저 침대를 제일 먼저 봤고, 또 제일 힘이 세니까. 그게 바로 이유야."

키 큰 애가 대답했다.

"안 돼, 안 돼!"

왜 네 거냐고 물은 애가 노래하듯 말했다.

"문에서 가까운 침대는 내 거야! 내가 벌써 올라와 있잖아? 보라구!"

"우리도 올라와 있어."

옆에 있던 다른 애들 두 명도 덩달아 소리쳤다.

"당장 내려와. 안 그러면 선생님한테 이를 거야."

키 큰 애가 소리쳤다.

침대 위에는 나까지 모두 여덟 명이 올라와 있었다. 우리는 서로 치고받으며 싸우기 시작했다. 그때 팀장 선생님이 수영복 차림으로 들어왔다. 팀장 선생님 팔에 울룩불룩 알통이 나와 있었다.

"어라? 이게 뭐야? 너희들 아직도 수영복으로 안 갈아입었단 말야? 시끄럽기는 다른 막사들 다 합친 것보다도 더 시끄럽고 말야. 빨리 못 하겠어!"

선생님이 소리쳤다.

"내 침대 때문에 그러는데요……."

키 큰 애가 설명하기 시작했다.

"침대 문제는 나중에 이야기하기로 하고, 빨리 수영복이나 갈아입어. 다들 모였는데 우리만 늦었잖아!"

팀장 선생님이 말했다.

"난 다른 사람들이 쳐다보는 데서 옷 못 갈아입어요! 엄마 아빠한테 가고 싶어요!"

어떤 애가 이렇게 말하더니 울기 시작했다.

"자, 자, 폴랭, 우리 팀 집합 구호가 뭐지? '용기!' 잖아. 넌 이제 어른이야. 더이상 꼬마가 아니라구."

팀장 선생님이 그애를 달랬다.

"아니에요! 난 꼬마예요! 꼬마예요! 꼬마라구요!"

폴랭은 이렇게 말하고는 땅바닥에 드러누워 발버둥을 쳤다.

그때 내가 말했다.

"선생님, 전 수영복이 없어요. 우리 엄마 아빠가 기차역에서 내게 가방을 안 줬거든요."

내 말을 들은 팀장 선생님은 두 손으로 얼굴을 감싸쥐더니, 내게 수영복을 빌려줄 친구가 누군가 있을 거라고 말했다.

그러자 누군가가 소리쳤다.

"안 돼요, 선생님. 우리 엄마가, 내 물건을 아무한테나 빌려주면 안 된다고 그랬단 말이에요."

"쩨쩨한 녀석. 네 건 빌려줘도 안 입어!"

나는 이렇게 말하며, 그애 뺨을 철썩! 하고 한 대 후려쳤다.

한쪽에선 어떤 녀석이 "내 양말은 누가 벗겨주지?" 하고 물으며 다녔다.

"선생님! 선생님!"

다른 애가 소리쳤다.

"내 가방 속에 잼이 쏟아졌어요. 어떻게 하죠?"

정신을 차리고 보니, 팀장 선생님은 이미 막사 안에 없었다.

잠시 후 우리는 모두 수영복으로 갈아입고 밖으로 나갔다. 베르탱이라고 하는 멋진 애가 나한테 수영복을 빌려주었다. 집합 장소에 가보니 우리 팀이 꼴찌였다. 모두 수영복을 입고 있어서 구경만 해도 재미있었다.

딱 한 사람만 수영복을 안 입고 있었다. 바로 우리 팀장 선생님이었다. 선생님은 양복에 넥타이까지 맸고, 손에는 짐가방을 들고 있었다. 라토 원장님이 우리 선생님에게 가더니 이렇게 말했다.

"이봐, 다시 한번만 생각해보게. 내 말이 틀림없을 거야. 머지않아 애들을 휘어잡을 수 있을 거라구. 용기를 내!"

캠프에서의 생활이 점차 짜임새를 갖추어갔다. 캠프 생활은 니콜라와 그 친구들을 어엿한 사내 대장부로 만들어줄 것이었다. 팀장 선생님인 제라르 레투프 씨도 캠프에 도착한 이후 많은 변화를 겪게 되었다. 피로 때문에 투명한 눈동자가 가끔씩 흐려지긴 하겠지만, 그때 그때 조금씩 화를 내면서 마음을 푸는 법을 배우게 되리라. 아이들에게 완전히 질리지 않기 위해서 말이다.

해수욕

내가 휴가를 보내고 있는 캠프에서는 낮 동안 여러 가지 활동을 한다.

아침에는 여덟시에 기상해서 재빨리 옷을 입어야 한다. 그리고는 집합해서 하나 둘! 하나 둘! 체조를 하고, 세면장으로 뛰어간다. 세면장에서는 서로 얼굴에 물을 끼얹으며 재미있게 논다. 그후엔 당번을 맡은 애들이 아침 식사를 가지러 간다. 아침 식사로는 버터를 듬뿍 바른 빵을 주는데 엄청 맛있다! 서둘러 아침을 먹고 나면 침대를 정리하러 막사로 달려가야 한다. 하지만 우리가 하는 침대 정리는 집에서 엄마가 하는 것과는 다르다. 시트와 이불을 들고 두 번 접어서 매트 위에 올려놓기만 하면 된다. 그런 다음에는 각자 맡은 일을 한다. 주변을 청소하거나 즈누 총무 선생님에게 가서 필요한 물품들을 받아오는 것 말이다. 그리고 나면 집합 시간이 된다. 그때는 서둘러 뛰어가야 한다. 집합을 한 후엔 해수욕하러 해변으로 간다. 그 다음에 또 한번 집합을 해서 점심을 먹으러 캠프로 돌아온다.

우린 항상 배가 고프기 때문에 점심 식사 때만 되면 신이 난다. 식사 후에는 노래를 배운다. 우리가 부르는 노래는 〈나막신 신고 로렌 지방을 지날 때〉나 〈우리는 바다의 사나이〉 같은 것들이다. 그 다음엔 낮잠 자는 시간이다. 낮잠 자는 건 별로 재미있진 않지만 그래도 의무적으로 자야 한다. 아무리 핑곗거리를 찾아내도 소용없다. 자리에 누워서도 낮잠을 자지 않는 아이들 때문에 팀장 선생님이 옛날이야기를 해주며 우리를 감독한다. 낮잠을 다 잔 후엔 다시 모여 해변에 가서 또 수영을 한다. 그리고 저녁 식사 시간에 집합해서 캠프로 돌아온다. 저녁을 먹고 나면 또 노래를 부른다. 가끔씩 모닥불을 커다랗게 피워놓기도 한다. 노래 부르는 시간이 끝나면, 심야 놀이활동이 있는 날을 빼고는 막사로 돌아가 서둘러 불을 끄고 자야 한다. 그 밖의 나머지 시간은 자유시간이다.

내가 가장 좋아하는 건 해수욕 시간이다. 팀장 선생님들과 함께 바다로 가면 해변은 우리 차지가 된다. 다른 사람들을 못 들어오게 하는 건 아니지만, 와서 우리를 보고는 그냥 가버린다. 우리가 모래사장에서 갖가지 놀이를 하며 시끄럽게 놀기 때문인 것 같다.

우리는 팀별로 행동하는데, 내가 속한 팀 이름은 '살쾡이'이다. 우리 팀은 모두 열두

명이고 아주 멋진 팀장 선생님이 있다. 팀 집합 구호는 '용기!' 이다. 팀장 선생님이 우리를 불러모으더니 말했다.

"나는 조심성 없는 것을 제일 싫어한다. 그러니까 물 속에 들어가서도 언제나 함께 있도록 해라. 해변에서 너무 멀리까지 헤엄쳐가는 것은 금지하겠다. 그리고 내가 호루라기를 불면 언제라도 당장 물에서 나오도록 해. 내 시야에서 벗어나면 안 돼! 그리고 잠수도 금지야! 이상이다. 내 말대로 하지 않는 사람은 앞으로 해수욕을 할 수 없을 거다. 알아들었지? 자, 그럼 가서 수영해. 준비운동은 없다. 모두 물 속으로!"

그리고 나서 팀장 선생님은 호루라기를 크게 한 번 불더니 바다를 향해 달려갔다. 우리도 선생님을 따라 물 속으로 뛰어들었다. 바닷물은 차가웠고 파도가 조금씩 일고 있었다. 아주 재미있을 것 같았다.

그런데 물 속에 들어가서 보니까 우리 팀 애들 전부가 바닷속에 들어온 게 아니었다. 한 아이가 해변에 남아 울고 있었다. 폴랭이었다. 폴랭은 밤낮 집에 보내달라며 울고불고 떼쓰는 아이다.

"폴랭, 이리 들어와!"

팀장 선생님이 소리쳤다.

"싫어요! 무섭단 말예요! 엄마 아빠한테 가고 싶어요!"

폴랭은 모래 위에 나뒹굴며 자기는 너무너무 불행하다고 울부짖었다.

"좋아. 너희들은 꼼짝 말고 여기 모여 있어. 난 폴랭을 데리러 갔다올 테니."

팀장 선생님이 폴랭을 달래러 물 밖으로 나갔다.

"아, 이 녀석아. 뭐가 무섭다고 그러는 거야."

선생님이 말했다.

"무섭단 말예요. 정말이에요."

폴랭이 외쳤다.

"하나도 안 위험해. 손 이리 줘봐. 내가 붙잡아줄 테니까 같이 물에 들어가보자. 절대 손 놓지 않겠다고 약속하마."

폴랭은 선생님 손을 잡고는 울면서 물 있는 데까지 따라왔다. 하지만 파도가 발을 적시자 또다시 소리쳤다.

"앗 차가! 차가워요! 무섭단 말예요! 아무래도 죽을 것 같아요!"

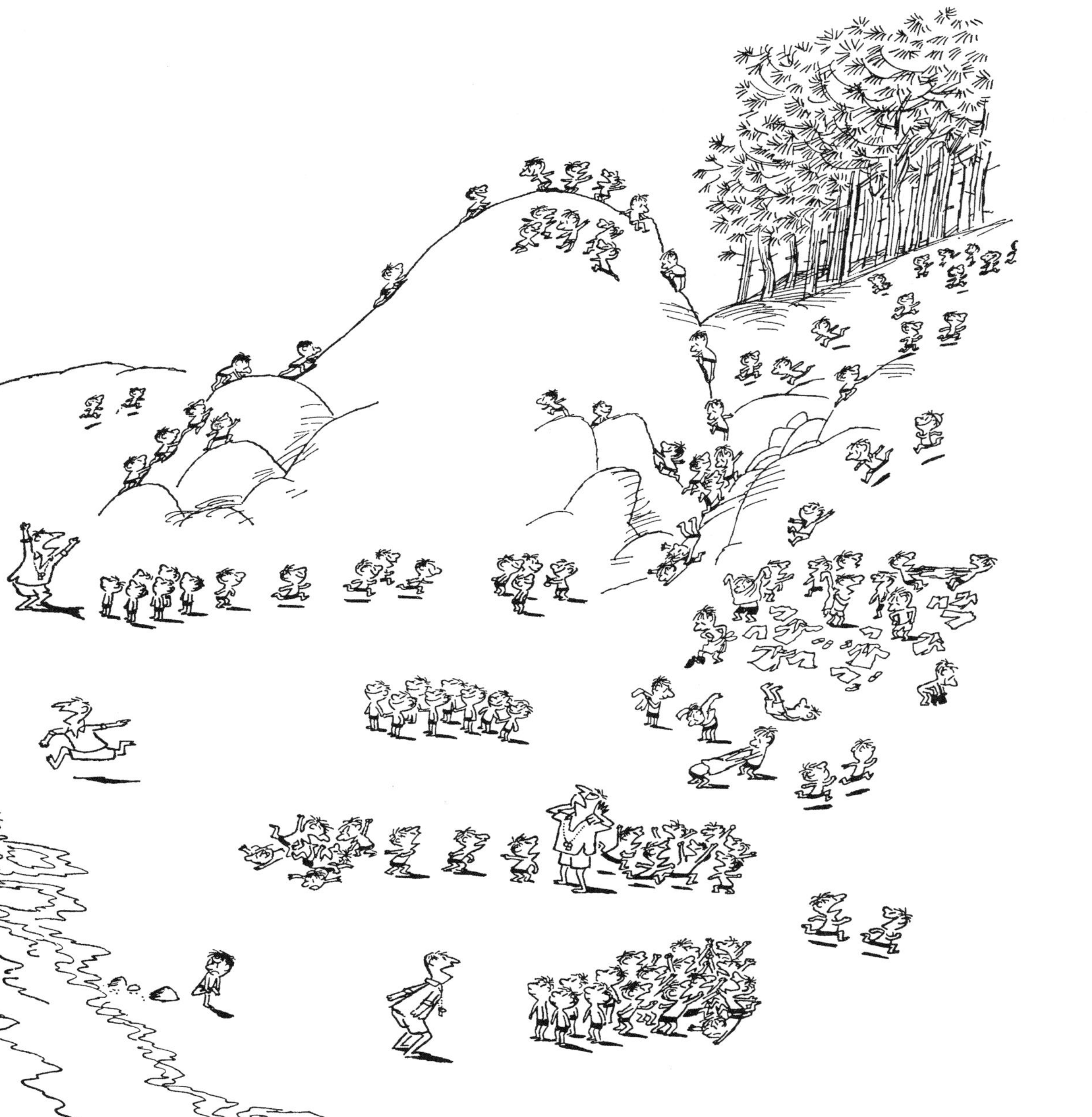

"얘기했잖아. 그럴 거 하나도 없다구……. 앗! 저건 누구지? 저기 부표 있는 데로 헤엄쳐 가는 사람?"

팀장 선생님이 말을 하다 말고 갑자기 두 눈을 부릅뜨고 소리쳤다.

"크레팽이에요. 쟨 수영을 진짜 잘한대요. 그래서 부표까지 헤엄쳐 갈 수 있나 없나 내기한 거예요."

한 아이가 말했다.

팀장 선생님이 폴랭의 손을 놓고 물 속에 뛰어들었다.

"크레팽! 이리 와! 빨리!"

선생님은 호루라기를 불었지만 물이 들어가서 그런지 호루라기에서는 거품 빠지는 소리만 날 뿐이었다.

"난 어떡해요! 물에 빠질 것 같다구요! 으아! 엄마! 아빠! 으아!"

뒤에 남은 폴랭이 소리쳤다. 물이 발목까지밖에 안 오는데도 생난리를 쳐댔다. 정말 우스운 녀석이다.

드디어 팀장 선생님이 크레팽을 데리고 돌아왔다. 선생님은 크레팽에게 혼자 모래 사장에 남아 있으라고 벌을 주었다. 크레팽은 분해서 씩씩거리며 물 밖으로 나갔다. 팀장 선생님은 우리 숫자를 세어보았다. 하지만 숫자는 맞지 않았다. 선생님이 없는 동안 이리저리 흩어져버렸기 때문이다. 크레팽을 데리러 갔다가 호루라기를 잃어버린 선생님은 우리를 불러모으기 위해 고함을 지르기 시작했다.

"살쾡이 팀 집합! 살쾡이 팀! 용기! 용기!"

다른 팀 선생님이 다가왔다.

"이봐, 제라르. 그렇게 악을 쓰면 어떻게 해? 우리 애들이 내 호루라기 소리를 들을 수가 없잖나."

그러고 보니 이것도 말해두어야겠다. 소란을 피운 건 오히려 팀장 선생님들이었다는 것 말이다. 호루라기를 불고, 고함을 지르고, 이름을 부르고 하느라 난리법석이었다. 어쨌든 우리 팀장 선생님은 인원을 다시 점검했다. 이번에는 모두 있었다. 그런데 갑자기 갈베르가 물 밖으로 턱만 내놓고 아우성을 쳤다. "구멍에 빠졌어요! 살려줘요! 구멍에 빠졌다구요!" 알고 보니 물 속에 웅크리고 앉아 장난을 친 거였다. 팀장 선생님은 갈베르한테 벌을 주었다. 물 밖으로 나가 크레팽하고 같이 있으라고 했다. 갈베르도 참 웃기는 애다!

조금 후 팀장 선생님들이 호루라기를 불더니, 오늘 아침 수영은 이걸로 충분하다고 소리쳤다. "해변에 팀별로 집합!" 우리는 줄을 맞춰 섰고, 선생님이 숫자를 세었다.

"열하나! 한 명이 모자라는데!"

선생님이 말했다. 없는 애는 폴랭이었다. 폴랭은 아직도 물 속에 있었다.

"난 물 속에 있을래요! 나가면 춥잖아요! 여기 있을래요!"

폴랭이 외쳤다.

화가 난 팀장 선생님이 폴랭의 팔을 잡아끌어 데려왔다. 그러자 폴랭은 엄마 아빠한테 가고 싶다고 소리를 지르는가 하면, 물 속으로 도로 들어가겠다고 소리를 질러대며 난리를 쳤다. 팀장 선생님이 다시 인원수를 세었다. 그래도 역시 한 명이 모자랐다.

"크레팽이 없어요……."

우리가 말해주었다.

"설마 다시 물 속에 들어간 건 아니겠지?"

팀장 선생님 얼굴이 하얗게 되었다.

그때 옆팀 선생님이 우리 선생님에게 말했다.

"여기 한 명이 더 있는데, 혹시 자네 팀 아이 아냐?"

크레팽이었다. 초콜릿을 먹고 있는 아이를 보고, 한 입 얻어먹을까 해서 갔던 거였다.

팀장 선생님이 크레팽을 데리고 온 후, 다시 숫자를 세었다. 이번엔 열세 명이었다.

"이중에서 살쾡이 팀 아닌 사람 누구야?"

팀장 선생님이 물었다.

"나예요, 아저씨."

어떤 꼬마가 대답했다.

"넌 어느 팀에서 왔지? 새끼 독수리 팀? 아니면 재규어 팀?"

선생님이 물었다.

"아뇨. 난 벨뷔 호텔에서 왔어요. 저기 방파제 위에서 자고 있는 사람이 우리 아빠예요."

그 꼬마는 이렇게 대답하고 나서 자기 아빠를 불렀다. "아빠! 아빠!"

자고 있던 아저씨가 고개를 들더니 천천히 일어나 우리에게 다가왔다.

"보보, 또 무슨 일이야?"

아저씨가 물었다.

"아저씨 아들이 우리 애들하고 놀고 싶어서 왔나 봐요. 여름 캠프에 온 애들이 부러 웠던 게죠."

그러자 그 아저씨가 말했다.

"그럴지도 모르죠. 하지만 난 우리 아들을 캠프 같은 데엔 안 보낼 거요. 당신을 화 나게 할 마음은 없소만, 아까부터 지켜본 바로는 부모만큼 애들을 잘 감독할 사람은 없다는 인상을 받아서 말이오."

캠프 책임자인 라토 씨에게 아이들말고 좋아하는 것이 하나 더 있다면 바로 숲길 산책이다. 라토 씨는 이 멋진 아이디어를 제안하기 위해 저녁 식사가 끝나기만을 초조하게 기다렸다.

돌풍의 숲

어제 저녁 식사가 끝나자 우리 캠프(아무리 생각해도 엄마 아빠가 날 여기 보낸 건 참 잘한 일이다)의 책임자인 라토 원장님이 우리를 모아놓고 이렇게 말했다.

"내일은 다함께 돌풍의 숲으로 소풍을 갈 거예요. 배낭을 메고 걸어서 숲을 통과하는 겁니다. 어른들처럼 말이죠. 여러분에게는 정말 신나는 경험이 될 것입니다."

라토 원장님은 내일 새벽 일찍 출발할 거고, 떠나기 전에 즈누 총무님이 간식거리를 나눠줄 거라고 덧붙였다. 우리는 세 번이나 만세를 불렀다. 잠자리에 들기 위해 막사로 갔지만 흥분이 되어 잠이 잘 오지 않았다.

아침 여섯시가 되자 팀장 선생님이 막사로 왔다. 선생님은 우리를 깨우느라 무척 애를 먹었다.

"장화를 신고 스웨터를 입도록 해라. 간식 넣어갈 배낭 잊지 말고…… 참, 배구공도 가지고 가자."

선생님이 말했다.

"선생님, 선생님, 카메라 가져가도 돼요?"

베르탱이 물었다.

"물론이지, 베르탱. 숲속에서 다같이 사진을 찍도록 하자. 아주 멋진 추억거리가 될 거야."

팀장 선생님이 대답했다.

"봐! 봐! 너희들 들었지? 내가 사진을 찍을 거라구!"

베르탱이 우쭐해서 외쳤다.

"그깟 카메라 하나 갖고 잘난 체하지 마. 네 카메라 따윈 필요 없어. 난 너한테 사진 안 찍힐 거야. 움직여버릴 거라구."

크레팽이 말했다.

"너, 내 카메라 때문에 샘나서 괜히 그러는 거지? 다 알아. 넌 카메라가 없으니까."

베르탱이 응수했다.

"카메라가 없다구? 내가? 웃기고 있네! 우리집에 가면 훨씬 더 좋은 게 있어, 알아?"

크레팽도 지지 않고 맞섰다.

"거짓말하지 마, 이 바보야!"

베르탱이 소리쳤다. 베르탱과 크레팽은 엉겨붙어 싸우기 시작했다. 팀장 선생님이 그애들을 말리면서 계속 못된 짓을 하면 돌풍의 숲에 데려가지 않겠다고 했다. 그리고 우리 모두에겐 집합에 늦을지 모르니까 서두르라고 했다.

아침을 든든하게 먹고 난 우리는 주방 앞에 한 줄로 서서 즈누 총무님이 나눠주는 빵과 오렌지를 받았다. 그러느라 시간이 많이 지체되었다. 총무님은 짜증이 나기 시작한 것 같았다. 폴랭이 샌드위치를 보며 투덜거릴 때 특히 그랬다.

"선생님, 여기 비계가 있어요."

폴랭이 말했다.

"그냥 먹어라."

즈누 총무님이 대답했다.

"엄마가 나보고 비계는 먹지 말라고 그랬는데도요? 그리고 나도 비계는 안 좋아한다구요."

"그럼 비계만 빼면 되잖니."

총무님이 말했다.

"아까는 먹으라고 했잖아요. 나빠요! 난 집에 갈래요!"

폴랭은 울기 시작했다.

하지만 일은 곧 해결되었다. 갈베르가 얼른 자기 샌드위치에 들어 있는 비계를 먹고는, 폴랭 것과 바꿔줬기 때문이다.

우리는 캠프 밖으로 나왔다. 라토 원장님이 맨 앞에 섰고, 우리는 팀별로 줄을 서서 원장님을 따라갔다. 꼭 군대가 행진하는 것 같았다. 선생님이 노래를 부르라고 해서 우리는 아주아주 큰 소리로 노래를 불렀다. 아쉽게도 너무 이른 아침이어서 우리를 봐주는 사람들이 없었다. 사람들이 휴가 와 있는 호텔 앞을 지나갈 때도 아무도 내다보지 않아 섭섭했다. 그때, 갑자기 창문 하나가 벌컥 열리더니 어떤 아저씨가 머리를 내밀고 소리쳤다.

"이 시간에 고래고래 소리를 지르고 다니다니, 너희들 머리가 어떻게 된 거 아냐?"

다른 창문이 열리더니 또 한 아저씨가 나타나 소리쳤다.

"파탱 씨, 또 당신이오? 당신 자식들이 온종일 떠들어대는 걸로도 모자란단 말이오?"

"그렇게 허풍 떨 것 없네, 랑슈아! 자네는 식사 때마다 추가 요리를 시켜 먹잖나!"

다시 첫번째 아저씨가 외쳤다. 또다른 창문이 열리더니, 다른 아저씨가 나타나 소리를 지르기 시작했다. 하지만 그 아저씨가 뭐라고 했는지는 알아들을 수가 없었다. 이미 호텔에서 멀리 지나온데다가 소리 높이 노래를 부르고 있었기 때문이다.

이윽고 우리는 길을 벗어나 풀밭을 가로지르게 되었다. 하지만 아이들은 풀밭 안으로 들어가려고 하지 않았다. 풀밭에 소 세 마리가 있었기 때문이다. 선생님은 사내 대장부가 그런 걸 겁내면 안된다며 어서 들어가라고 했다. 그곳을 지날 때 노래를 부른 사람은 라토 원장님과 팀장 선생님들뿐이었다. 우리는 풀밭을 빠져나와 숲길로 들어선 뒤에야 노래를 부를 수 있었다.

숲은 아주 근사했다. 나무들이 굉장히 많았다. 하늘이 안 보일 정도로 숲이 우거져 있어, 사방이 어두웠다. 길도 없었다. 갑자기 폴랭이 길바닥에 뒹굴며 우는 바람에 행진을 멈추어야 했다. 폴랭은 길을 잃어버리면 어떡하냐고, 숲속에 사는 짐승들한테 잡아먹히면 어떡하냐고 소리를 질렀다.

"야, 이 녀석아. 너 정말 구제불능이구나! 친구들 좀 봐라. 쟤네들도 무섭다고 그러니?"

팀장 선생님이 폴랭에게 말했다.

선생님의 말이 끝나기도 전에 한 아이가 자기도 무섭다며 따라 울기 시작했다. 다른 애들 서너 명도 울음을 터뜨렸다. 그중엔 장난으로 우는 척하는 아이도 있는 것 같았다.

　라토 원장님이 와서 우리를 불러모았다. 나무들 때문에 한곳에 모이는 것도 쉽지 않았다. 원장님은 우리에게 어른스럽게 행동해야 한다고 말했고, 숲속에서 길을 잃어버렸을 때 길을 찾는 방법은 굉장히 많다고 설명했다. 나침반을 사용하는 방법이 있고, 태양을 이용하는 방법도 있고, 또 별을 이용하는 방법, 이끼를 보고 아는 방법도 있다고 했다. 자기가 작년에도 여기 와본 적이 있어서 길을 잘 알고 있으니 걱정할 것 하나도 없다고 했다. 그리고 나서, 이만큼 놀았으면 됐으니 다시 출발하자고 했다.

　그러나 우리는 출발할 수 없었다. 아이들 몇 명이 숲속으로 들어가버렸기 때문이다. 그애들을 다시 불러모아야 했다. 숲으로 들어간 아이들 중 두 명은 숨바꼭질을 하고 있었다. 한 명은 금방 찾았지만 다른 한 명은 찾을 수가 없어서 "못 찾겠다, 꾀꼬리" 하고 외쳐야 했다. 그애는 나무 뒤에 숨어 있다가 나왔다. 또다른 애 한 명은 버섯을 찾으러 갔고, 세 명은 배구공을 갖고 놀러 갔다. 갈베르는 버찌가 열렸는지 보러 나무 위에 올라갔다가 못 내려오고 있었다. 이럭저럭 모두 모이게 되어 다시 출발하려고 하는데, 베르탱이 외쳤다.

"선생님! 캠프로 돌아가야겠어요! 카메라를 두고 왔어요!"

그러자 크레팽이 베르탱을 놀려댔고, 둘은 싸우기 시작했다. 하지만 싸움은 곧 끝났다. 팀장 선생님이 버럭 소리를 질렀던 것이다.

"당장 그만둬! 안 그러면 엉덩이를 때려줄 거야!"

우리는 깜짝 놀랐다. 팀장 선생님이 그렇게 크게 소리를 지른 건 처음이었기 때문이다!

우리는 아주아주 오랫동안 숲속을 걸었기 때문에 무척 피곤했다. 갑자기 모두 정지하라는 소리가 들렸다. 라토 원장님이 머리를 긁적이더니 팀장 선생님들을 불러모았다. 선생님들은 제각기 다른 방향을 가리켰다. 원장 선생님 목소리가 들려왔다.

"참 이상도 하지. 지난해 이후로 벌목을 했나? 도대체 지형을 알아볼 수가 없어."

원장 선생님은 손가락 하나를 입 속에 넣었다 뺀 후, 머리 위로 들어올렸다. 그리고 나서 원장님은 다시 걷기 시작했고, 우리는 그 뒤를 쫓아갔다. 참 신기했다. 그것도 길 찾는 방법 중 하나인 것 같았다. 하지만 그 방법은 아까 원장님이 가르쳐주지 않았다.

한참을 걸어서 마침내 숲을 빠져나왔다. 아까 지나왔던 풀밭을 다시 가로질렀다. 소

들은 없었다. 비가 와서 다른 데로 간 것 같았다. 비가 내리기 시작하자, 우리는 뛰어서 찻길을 건너 어느 주차장 안으로 들어갔다. 거기서 간식도 먹고 노래도 부르며 즐겁게 놀았다. 잠시 후 비가 멈추었지만, 시간이 너무 늦어서 캠프로 돌아와야 했다. 하지만 라토 원장님은 이대로 물러설 수 없다며, 내일이나 모레 다시 돌풍의 숲에 가자고 했다.

이번엔 차를 타고 말이다.

사랑하는 엄마 아빠께.

　저는 아주 착하게 지내고 있어요. 뭐든지 잘 먹고, 친구들과도 재미있게 놀아요. 그런데 엄마 아빠가 나는 낮잠 안 자도 된다고 라토 원장님에게 편지를 써줬으면 좋겠어요. 아빠와 내가 산수 문제를 못 푼 다음날, 담임 선생님께 갖다 드리는 편지처럼 말이에요.

—— 니콜라가 부모님에게 보낸 편지 중에서

낮잠

여름 캠프에서 마음에 들지 않는 게 있다면, 매일 점심 먹고 나서 반드시 낮잠을 자야 한다는 거다. 낮잠 자는 건 꼭 지켜야 하는 의무다. 아무리 핑계를 대도 소용이 없다. 이렇게 부당한 일은 세상에 또 없을 거다. 우리가 아침에 일어나서 하는 일이라 고는, 기껏해야 체조하고, 세수하고, 침대 정리하고, 아침 먹고, 바다에 나가서 수영 하고, 모래사장에서 노는 것뿐이다. 피곤해서 쉬어야 할 이유라고는 하나도 없는 데…….

그래도 하나 좋은 건, 낮잠 시간 동안 팀장 선생님이 우리를 조용히 잡아두기 위해 옛날이야기를 해준다는 거다. 그건 참 좋다.

"자, 이제 모두 침대로 올라가, 아무 소리도 내지 말고."

팀장 선생님이 말했다.

우리는 모두 선생님 말대로 했다. 베르탱만 빼고. 베르탱은 침대 밑에 들어가 있었다.

"베르탱! 넌 항상 청개구리짓만 하는구나! 하긴 그렇게 놀랄 일도 아니지. 넌 우리 팀에서 제일 말썽꾸러기니까!"

선생님이 소리쳤다.

"왜 그러세요, 선생님. 운동화 찾으려  
고 그런 거란 말예요."

베르탱이 말했다. 베르탱은 우리의 친구지만, 정말 못 말리는 말썽꾸러기다. 그래도 그애랑 놀면 참 재미있다.

베르탱이 다른 애들처럼 자리에 눕자 선생님은 다른 막사 아이들을 방해하면 안 되니까, 조용히 있다가 자라고 했다.

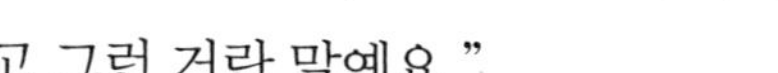

"선생님, 옛날이야기 해주세요! 옛날이야기요!" 우리는 한꺼번에 소리쳤다.

팀장 선생님이 크게 심호흡을 한 번 하고는 좋다고, 하지만 조용히 해야 된다고 말했다.

"옛날 옛날 아주 먼 나라에 아주 착한 왕이 살고 있었어요. 하지만 왕 밑에는 마음씨가 아주 나쁜 재상이 있었는데……."

선생님은 거기서 이야기를 멈추고 우리에게 물었다.

"재상이 뭔지 아는 사람 있니?"

베르탱이 손을 들었다.

"응, 그래! 베르탱이 말해볼래?"

선생님이 물었다.

"화장실 갔다와도 돼요?"

베르탱이 대답했다.

팀장 선생님은 눈살을 찌푸리더니 심호흡을 한 번 한 다음 말했다.

"좋아, 갔다와라. 하지만 빨리 돌아와야 해."

베르탱이 밖으로 나가자 선생님은 침대 사이를 걸어다니며 옛날이야기를 계속 했다. 내가 좋아하는 건 카우보이하고 인디언이 나오는 이야기나 비행사들 이야기이다. 아무튼 팀장 선생님의 옛날이야기는 계속되었고 아무도 소리를 내지 않았다. 나는 카우보이 옷을 입고 은으로 된 멋진 권총을 허리에 찬 채 말을 타고 있었다. 난 보안관이었고, 수많은 카우보이들을 지휘했다. 인디언이 곧 우리를 습격할 참이었다. 그때 누군가가 소리쳤다.

"애들아, 이것 좀 봐! 새알을 발견했어!"

나는 단숨에 자리에서 일어나 앉았다. 소리친 애는 베르탱이었다. 베르탱이 새알을

들고 막사로 들어온 거다.

아이들이 새알을 보려고 모두 일어났다.

"누워 있어! 모두 누워 있으라구!"

팀장 선생님이 외쳤다. 선생님은 기분이 굉장히 안 좋아 보였다.

"선생님, 이게 무슨 알 같아요?"

베르탱이 물었다.

하지만 선생님은 그런 건 알아서 뭐하냐면서, 빨리 제자리에 갖다두고 와서 자라고 했다. 베르탱은 새알을 들고 나갔다.

  자는 사람이 아무도 없자, 선생님은 옛날이야기를 계속 했다. 선생님의 이야기는 그런 대로 재미있었다. 특히, 마음씨 착한 왕이 백성들이 자기에 대해 어떻게 생각하는지 알아보기 위해 변장을 하고 나간 사이에, 못된 재상이 왕위를 빼앗는 부분이 그랬다. 갑자기 선생님은 이야기를 멈추고 이렇게 말했다.

  "이 말썽꾸러기 베르탱 녀석, 어디서 뭘 하느라 아직도 안 돌아오는 거지?"

  "제가 가서 찾아올까요?"

  크레팽이 물었다.

  "그래라. 하지만 빨리 와야 한다."

  선생님이 대답했다.

  크레팽이 밖으로 나가는가 했더니, 곧바로 다시 뛰어들어왔다.

  "선생님, 선생님! 베르탱이 나무 꼭대기에 매달려서 못 내려오고 있어요."

  크레팽이 소리쳤다.

  그 말을 듣고 팀장 선생님이 달려나갔다. 우리도 선생님을 뒤쫓아 나갔다. 자느라고 아무 소리도 듣지 못한 갈베르도 깨워서 함께 데려갔다.

  베르탱은 아주 높은 나무 위에 대롱대롱 매달려 있었다. 기분이 별로 안 좋아 보였다.

  "저기 있어요! 저기요!"

  우리는 베르탱을 가리키며 일제히 소리쳤다.

148

“모두 조용히!”

팀장 선생님이 외쳤다.

“베르탱, 너 거기서 도대체 뭐 하는 거야?”

“뭐 하냐구요! 선생님이 시킨 대로 새알을 제자리에 갖다두러 왔죠. 이 둥지에서 찾아낸 거니까요. 그런데 올라오다가 가지를 부러뜨려서 내려갈 수 가 없어요.”

베르탱은 이렇게 말하고는 울음을 터뜨렸다. 울음소리가 엄청나게 커서, 저 멀리까지 울려퍼졌다. 베르탱이 울자 나무 바로 옆에 있는 막사에서 다른 팀 팀장 선생님이 나왔다. 기분이 엄청 나빠 보였다.

“소란을 피우는 게 바로 자네 팀 아이들이었군!” 그 선생님이 우리 팀장 선생님에게 소리쳤다.

“우리 애들을 겨우 재워놨는데 도로 다 깨버렸잖아.”

“속 편한 소리 하고 있네. 지금 우리 애 하나가 나무 위에 있다구. 저기 좀 봐.”

우리 선생님도 소리쳤다.

다른 팀 선생님은 나무 위를 올려다보더니 낄낄거리며 웃기 시작했다. 그러나 그것도 잠시였다. 무슨 일이 났는지 보려고 그 선생님 팀 애들이 모두 막사 밖으로 나와서 나무 주위가 아이들로 빽빽해졌으니 말이다.

"이 녀석들, 빨리 들어가서 자란 말이야!"

다른 팀 선생님이 외쳤다. 그리고 우리 팀장 선생님에게 말했다.

"이봐, 도대체 이게 뭐야? 애들 좀 꽉 잡으라구. 그러지 못할 바엔 캠프 팀장을 그만두든가!"

"남 말 하고 있네. 자기 애들이나 신경 쓰시지. 저놈들도 우리 애들만큼이나 시끄럽구만!"

우리 팀장 선생님도 지지 않고 응수했다.

"물론 그렇지. 하지만 그건 자네 팀 애들이 우리 애들을 다 깨워놔서 그런 거라구!"

다른 팀 선생님이 대꾸했다.

그때 베르탱이 외쳤다.

"선생님, 저 좀 내려주세요!"

선생님들은 말싸움을 그치고 사다리를 구하러 갔다.

"저렇게 나무 위에서 꼼짝 못 하다니, 저 녀석 바보 아냐?"

다른 팀 아이가 말했다.

"네가 무슨 상관이야?"

내가 그 녀석에게 한마디 쏘아주었다.

"상관 있지! 너희 팀은 몽땅 바보들뿐이잖아. 소문이 자자하다구!"

그애가 말했다.

“너, 다시 한번 말해봐!……”

갈베르가 말했다.

그러자 그애는 똑같은 말을 되풀이했고, 우린 싸우기 시작했다.

싸움이 나자 베르탱이 나무 위에서 소리쳤다.

“이봐, 얘들아! 얘들아! 내가 내려갈 때까지 기다려! 나도 끼워달라구.”

이윽고 선생님들이 사다리를 들고 뛰어왔다. 라토 원장님도 무슨 일이 난 건지 알아보러 달려왔다. 모두들 소리를 지르니까 아주 신이 났다. 베르탱이 자기도 같이 놀게 빨리 내려달라고 조바심을 쳐서 선생님들은 더 화가 났다.

“각자 막사로 돌아가, 빨리!”

라토 원장님이 버럭 고함을 질렀다. 꼭 우리 학교 학생주임 부이옹 선생님 목소리 같았다.

우리는 낮잠을 자러 돌아갔다.

하지만 낮잠 시간은 그리 오래 가지 못했다. 곧 집합 시간이 되었기 때문이다. 팀장 선생님이 우리한테 전부 밖으로 나가라고 했다. 그러고 나서야 선생님은 기분 좋은 표정을 지었다. 선생님도 우리처럼 낮잠 시간을 별로 좋아하지 않는 것 같다.

한 가지 빼먹은 이야기가 있다. 베르탱이 아주 깊이 잠이 들어서 아무리 깨워도 일어나지 않았다는 것 말이다.

사랑하는 니콜라,

엄마 아빠는 네가 캠프에서 재미있게 생활하기를 바라고 있단다. 무엇이든 잘 먹고, 친구들과도 사이좋게 지내도록 하렴. 낮잠 문제에 대해서는 라토 원장님 의견이 옳다고 생각되는구나. 저녁 식사 후에 쉬고 잠도 자야 하는 것처럼, 점심 식사 후에도 그래야 하는 거란다. 널 잘 알고 있으니까 하는 말인데, 그냥 내버려두면 아마 밤에도 놀고 싶다고 하겠지. 감독 선생님들이 계시는 게 얼마나 다행스러운지 모르겠다. 항상 선생님 말씀을 잘 들어야 해, 알았지? 그리고 산수 문제 말인데, 사실 아빠는 어떻게 풀어야 하는지 알고 계셨지만 네가 혼자 힘으로 풀게 하려고 그런 거라고 하시는구나……

— 니콜라 부모님이 니콜라에게 보낸 편지 중에서

야간 놀이

어제 저녁 식사 시간에 라토 원장님이 팀장 선생님들과 한참 동안 수군거렸다. 선생님들은 그러면서 우리를 힐끔힐끔 쳐다보았다. 디저트를 먹고 나자(디저트는 구즈베리 잼이었는데 아주 맛있었다), 선생님들이 우리보고 빨리 가서 자라고 했다.

우리가 막사로 가자, 곧 팀장 선생님이 감독을 하러 왔다. 선생님은 아픈 사람이 없는지 살핀 후, 조금 있으면 기운이 필요하게 될 테니까 어서 자두라고 했다.

"뭘 할 건데요?"

칼릭스트가 물었다.

“기다려보면 알게 될 거야.”

선생님이 대답했다. 그리고 우리에게 잘 자라고 말하며 불을 껐다. 보통 때와는 뭔가 달랐다. 쉽게 잠이 오지 않을 것 같았다. 잠들기 전에 조금이라도 흥분해 있으면 항상 그러니까 말이다.

한밤중에 갑자기 호루라기 소리와 고함 소리가 요란해서 자리에서 벌떡 일어났다.

“야간 놀이 준비! 야간 놀이 준비! 모두 집합!”

누군가가 밖에서 이렇게 외치고 다녔다.

갈베르만 빼고 모두 자리에서 일어나 앉았다. 갈베르는 아무것도 안 들리는지, 그 소란 속에서도 계속 잠을 자고 있었다. 폴랭은 무섭다며 이불 속으로 들어가 울었다. 모습은 보이지 않고, “으으으” 하는 소리만 들렸다. 하지만 우린 그애가 뭐라고 하는지 알고 있었다. 늘 그러는 것처럼 집에 보내달라며 울고 있을 게 틀림없었다.

조금 있으니 막사 문이 활짝 열리고 팀장 선생님이 들어와 불을 켰다. 야간 놀이가 있으니까 두꺼운 스웨터를 꺼내 입고 빨리 집합하라고 했다. 폴랭이 이불 밖으로 고개를 내밀고는 자기는 밤에 밖에 나가는 게 무섭다고 외쳤다. 엄마 아빠도 밤엔 자기를 내보내지 않는다며 억지를 부렸다.

“그럼, 넌 여기 남아 있어라.”

팀장 선생님이 말했다.

그러자 폴랭은 막사 안에 혼자 남아 있는 게 더 무섭다면서, 벌떡 일어나 제일 먼저 나갈 준비를 했다. 밖으로 나가면서 폴랭은 엄마 아빠한테 다 일러바칠 거라고 투덜거렸다.

우리는 캠프 한가운데에 집합했다. 밤이 깊어 칠흑같이 어두웠기 때문에, 불을 켰는데도 앞이 잘 보이지 않았다.

라토 원장님이 우리를 기다리고 있었다.

"어린이 여러분, 이제 야간 놀이를 시작하려고 합니다. 우리 모두가 사랑하는 즈누 총무님이 캠프 깃발을 갖고 사라졌습니다. 여러분은 즈누 총무님을 찾아내서, 깃발을 다시 캠프로 가져오면 됩니다. 팀별로 행동하세요. 깃발을 가져오는 팀은 상으로 초콜릿을 받을 겁니다. 다행스럽게도 즈누 총무님이 몇 가지 힌트를 남겨놓았으니, 그 힌트를 잘 이용하면 총무님을 쉽게 찾아낼 수 있을 겁니다. 지금부터 그 힌트를 말해줄테니 잘 들어보세요. '나는 중국을 향해 떠났다. 그런데 커다랗고 흰 조약돌 세 개가 쌓인 무더기 앞에서……' 떠들지 말고 조용히! 내가 말할 때 딴 소리 내면 어떻게 되지?"

베르탱이 움찔하며 호루라기를 주머니 속에 집어넣었다. 라토 원장님이 계속 말했다.

"'커다랗고 흰 조약돌 세 개가 쌓인 무더기 앞에서, 나는 생각을 바꾸어 숲으로 갔다. 나는 길을 잃지 않기 위해 엄지공주가 한 것처럼 했다. 그리고……' 자, 자, 마지막으로 경고합니다. 저기 뒤에, 호루라기 갖고 장난치는 사람 그만두지 못하겠어요?"

"아! 죄송합니다, 원장님. 전 말씀이 다 끝나신 줄 알았어요."

팀장 선생님 중 한 명이 말했다.

그 말을 듣고 라토 원장님이 한숨을 내쉬며 말했다.

"좋습니다. 자, 다시 한번 말합니다. 이 단서들이 즈누 총무님과 캠프 깃발을 찾아내는 데 도움이 될 겁니다. 여러분은 팀별로 단체 행동을 하면서 재치와 통찰력과 진취성을 십분 발휘하도록 하십시오. 그럼, 시작!"

원장님이 개시 선언을 하자, 팀장 선생님들은 연달아 호루라기를 불어댔고, 모두들 사방으로 뛰기 시작했다. 하지만 어디로 가야 할지 아무도 몰랐기 때문에 캠프 밖으로 나가는 사람은 한 명도 없었다.

우린 무지무지 신이 났다. 밤에 놀이를 한다는 건 정말 대단한 모험이다.

"내가 손전등을 가져올게."

칼릭스트가 말했다.

하지만 팀장 선생님은 칼릭스트를 불러세웠다.

"흩어지지 말고, 우선 무엇부터 시작해야 할지 같이 상의해봐. 다른 팀보다 먼저 즈누 총무님을 찾아내려면 빨리 해야 할 거야."

그 문제에 대해선 너무 걱정하지 않아도 될 것 같았다. 모두 소리치며 뛰어다니기만 할 뿐 캠프 바깥으로 나간 사람은 아직 아무도 없었기 때문이다.

"잘 생각해봐. 즈누 총무님은 중국을 향해 간다고 했어. 중국은 동방에 있는 나라야. 그렇다면 동서남북 중 어느 쪽이지?"

팀장 선생님이 물었다.

"우리집에 있는 지도책에 중국이 나와요. 로잘리 고모가 내 생일 선물로 사준 거예요. 하지만 사실 난 자전거를 받고 싶었거든요."

크레팽이 말했다.

"우리집엔 멋진 자전거가 있어. 내 자전건데 말야."

베르탱이 끼어들었다.

"경주용이야?"

내가 물었다.

"저애 말 믿지 마. 쟨 항상 뻥만 친다구!"

크레팽이 소리쳤다.

“너, 따귀를 갈겨줄 테야. 이 말도 뻥으로 들리냐?”

베르탱도 큰 소리로 외쳤다.

“중국은 동쪽에 있어!”

팀장 선생님이 참다 못해 소리쳤다.

“동쪽이 어딘데요?”

어떤 애가 물었다.

“어, 선생님! 얘는 우리 팀이 아니에요! 스파이인가 봐요!”

칼릭스트가 외쳤다.

“난 스파이가 아냐! 난 독수리 팀이야. 이 캠프에서 제일 훌륭한 팀이라구!”

그애가 맞받아 소리쳤다.

“그래? 그럼 너희 팀으로 가야지.”

우리 선생님이 말했다.

그러자 그애는 “우리 팀이 어디 있는지 몰라서 그래요”라고 말하고는 울기 시작했다.

정말 바보 같은 애였다. 아직까지 캠프를 벗어난 사람은 아무도 없으니까, 그애 팀도 분명히 이 근처 어딘가에 있을 텐데 말이다.

“해가 어느 쪽에서 뜨지?”

선생님이 다시 물었다.

“갈베르 자리 쪽이요. 그애 침대가 창가에 있는데, 햇빛 때문에 잠이 일찍 깬다고 늘

불평하거든요."

조나스가 대답했다.

그때 주위를 둘러보던 크레팽이 갑자기 외쳤다.

"어! 선생님! 갈베르가 없는데요!"

"맞아요. 걘 아직도 자고 있을 거예요. 엄청난 잠꾸러기거든요. 제가 데리고 올게요."

베르탱이 말했다.

"빨리 갔다와!"

팀장 선생님이 소리쳤다.

잠시 후 베르탱이 돌아와서 도저히 갈베르를 못 깨우겠다고 했다.

"안됐지만 할 수 없지. 갈베르는 그냥 놔두자, 더이상 시간 낭비하면 안 되니까."

선생님이 말했다.

하지만 캠프 바깥으로 나간 사람은 아직 하나도 없기 때문에, 시간 낭비한 게 그리 심각한 일은 아닌 것 같았다.

캠프 한가운데 서 있던 라토 원장님이 소리를 지르기 시작했다.

"조용히! 팀장 선생님들이 명령을 내리도록 하세요! 아이들을 모아서 놀이를 시작하라구요!"

하지만 그건 정말 우스꽝스러운 명령이었다. 모두들 깜깜한 어둠 속에 마구 뒤섞여 있었기 때문이다. 우리 팀에만 해도 독수리 팀 애 한 명, 용사 팀 애 두 명이 섞여 있었

다. 폴랭은 인디언 팀에 가서 울고 있었다. 그애 울음소리를 듣고 우리가 인디언 팀에 가서 그애를 데리고 왔다. 칼릭스트는 자기네 팀장 선생님을 찾아다니는 사냥꾼 팀에 염탐을 하러 갔다. 진짜 재미있게 놀았다. 그런데 갑자기 비가 억수같이 퍼붓기 시작했다.

라토 원장님이 외쳤다.

"놀이 중지! 모두 자기 막사로 돌아가도록!"

명령은 금세 실행되었다. 캠프 밖으로 나간 사람이 아무도 없었으니까 말이다.

다음날 아침, 즈누 총무님이 깃발을 든 채 오렌지 농장 주인 차를 타고 돌아왔다. 즈누 총무님은 소나무 숲에 숨어 있었다고 했다. 그러다가 비도 오고, 우리를 기다리는데 진력도 나서 캠프로 돌아오려고 했지만, 숲에서 길을 잃고 물구덩이에 빠졌다고 했다. 총무님은 도와달라고 소리를 질렀고, 농장에서 기르는 개가 그 소리를 듣고 짖어

댄 덕택에 농부 아저씨가 총무님을 발견해서, 농장에 데려가 하룻밤 재워주었다는 것
이다.

하지만 그 농부 아저씨가 초콜릿을 받았는지 안 받았는지는 잘 모르겠다. 아무튼 상
은 농부 아저씨가 받아야 한다. 농부 아저씨가 총무님을 찾아냈으니까.

‘낚시가 마음을 진정시키는 데 효과가 있다는 것은 부인할 수 없는 사실이다……’ 잡지에 실린 이 기사 한 토막이 살쾡이 팀의 젊은 팀장 선생님인 제라르 레투프 씨에게 깊은 인상을 주었다. 기사를 다 읽고 난 선생님은 달콤한 밤을 보냈다. 열두 명의 꼬마들이 잔잔한 물 위에 떠 있는 열두 개의 찌를 주시하며 꼼짝 않고 조용히 앉아 있는 꿈을 꾸며……

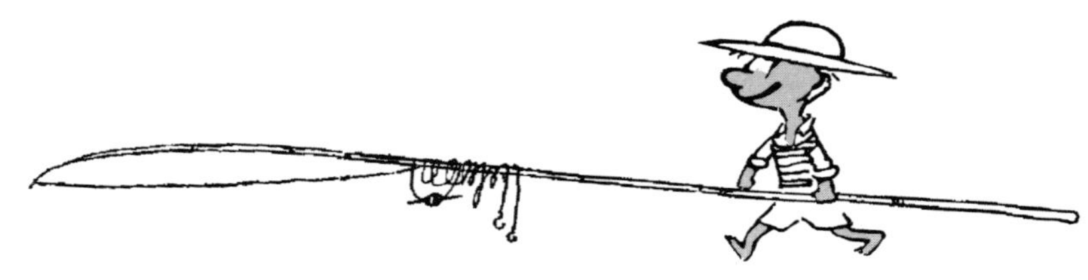

생선 수프

오늘 아침, 팀장 선생님이 막사에 들어와 우리에게 말했다.

"애들아! 해수욕은 매일 하니까, 오늘은 좀 색다르게 바다낚시를 하면 어떨까? 재미있을 것 같지 않니?"

우리는 모두 "네!" 하고 대답했다. '모두' 라고 했지만 사실은 '거의 모두' 라고 하는 게 정확하다. 폴랭은 아무 말도 하지 않고 가만히 있었으니까. 그앤 무슨 일이건 일단 의심부터 한다. 그리고 그럴 때마다 엄마 아빠에게 돌아가고 싶다고 떼를 쓴다. 폴랭 말고 대답하지 않은 애가 또 있다. 바로 갈베르다. 계속 자고 있었기 때문이다.

"그래, 그렇게 하기로 하자. 내가 벌써 주방장 아저씨에게 말했단다. 우리가 점심거리로 물고기를 잡아와서 캠프 전체에 생선 수프를 제공할 거라고 말이야. 그러면 다른 팀들도 우리 살쾡이 팀이 가장 훌륭하다는 걸 알게 되겠지. 자, 다함께, 살쾡이 팀 만세!"

팀장 선생님이 말했다.

"만세!"

우리는 선생님을 따라 외쳤다. 갈베르만 빼고.

"우리 구호가 뭐지?"

팀장 선생님이 우리에게 물었다.

"용기!"

우리는 입을 모아 대답했다. 잠에서 깨어난 갈베르도 같이 외쳤다.

아침 점호 후, 다른 팀 애들은 해변으로 갔다. 라토 원장님이 우리에게 낚싯대와 벌레들이 가득 들어 있는 낡은 상자를 주었다.

"너무 늦게 오면 안 돼요. 내가 수프 끓일 시간은 있어야 하니까 말야."

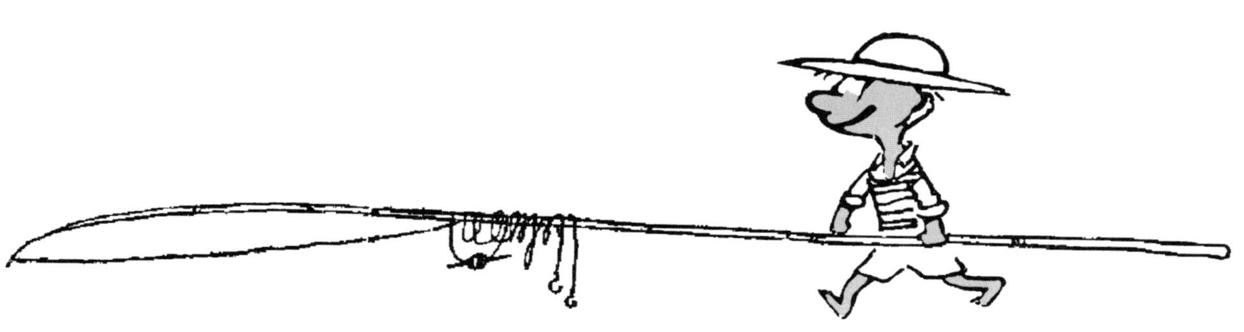

주방장 아저씨가 웃으며 말했다. 주방장 아저씨는 언제나 웃는 얼굴이다. 그래서 우리는 주방장 아저씨를 참 좋아한다. 우리가 주방으로 아저씨를 보러 가면 아저씨는 "이런 꼬마 녀석들! 썩 나가지 못해! 안 나가면 이 커다란 국자로 쫓아낼 테다!" 하고 소리친다. 그러면서도 아저씨는 우리에게 비스킷을 나누어준다.

우리는 낚싯대와 벌레 상자를 들고 방파제 맨 끝에 도착했다. 어떤 뚱뚱한 아저씨가 조그만 하얀 모자를 쓰고 낚시를 하고 있었는데, 우리를 보더니 기분 나쁜 표정을 지었다.

자리를 잡기 전에 팀장 선생님이 말했다.

"낚시를 하려면 무엇보다도 조용히 해야 해. 안 그러면 고기들이 도망치니까! 그리고 또 한 가지, 아주 조심해야 돼. 물에 빠지면 큰일이니까! 흩어지지 말고 한자리에 모여 있도록 하고, 바위로 내려가는 것은 금지한다! 특히 바늘에 찔리지 않도록 주의해라!"

그때, 뚱뚱한 아저씨가 소리쳤다.

"그만 좀 할 수 없소?"

"예?"

팀장 선생님이 깜짝 놀라 물었다.

"그 돼지 멱 따는 소리로 고래고래 고함치는 것 그만 좀 할 수 없냔 말이오. 그렇게 소리지르면 고래도 놀라서 달아나겠소!"

뚱뚱한 아저씨가 다시 말했다.

“여기 고래도 있어요?”

베르탱이 물었다.

“고래가 있다면 난 돌아갈래!”

폴랭이 말했다. 그리고는 무섭다며 집에 보내달라고 울기 시작했다. 하지만 폴랭은 떠나지 않았다. 떠난 사람은 오히려 뚱뚱한 아저씨였다. 차라리 잘된 일이었다. 이제 우리끼리만 남았고, 방해할 사람도 하나도 없으니 말이다.

“너희 중에 누구 낚시해본 사람 있니?”

팀장 선생님이 물었다.

“저요! 작년 여름에 이만한 고기를 잡았어요!”

아타나즈가 이렇게 말하며 있는 대로 팔을 벌렸다. 우리는 낄낄거릴 수밖에 없었다. 아타나즈는 우리 팀에서 제일 가는 허풍쟁이다.

"거짓말하고 있네."

베르탱이 아타나즈에게 말했다.

"너 샘나서 그러는 거지? 다 알아, 이 바보야. 내가 잡은 물고기는 정말로 이만했다구!"

아타나즈가 다시 팔을 벌렸다. 그 틈을 타 베르탱이 아타나즈의 따귀를 때렸다.

"둘 다 그만 해. 계속 그러면 낚시 못 하게 할 거야! 알아들었어?"

팀장 선생님이 외치자, 아타나즈와 베르탱은 잠잠해졌다. 하지만 아타나즈는 몹시 분한 듯 계속 씩씩거렸다.

"내가 곧 잡아올릴 물고기를 보면 다 알게 될 거야. 농담이 아니라구!"

그러자 베르탱은 그렇지 않다고, 자기가 잡을 물고기가 제일 클 거라고 대꾸했다.

팀장 선생님이 벌레를 낚싯바늘에 어떻게 꿰는지 보여주었다. 바늘에 찔리지 않도록 조심해야 된다고 했다. 우리는 모두 선생님처럼 해보려고 했지만 쉽지 않았다. 그래서 선생님이 우리를 도와주었다. 벌레가 물까 봐 무서워서 꼼짝도 못 하고 있던 폴랭은 선생님이 바늘에 벌레를 꿰어주자 가능한 한 벌레와 멀리 떨어지기 위해 서둘러 낚싯대를 물에 넣었다. 우리도 모두 낚싯대를 바다 위에 드리웠다. 몇 명만 빼고 말이다. 아타나즈와 베르탱은 낚싯줄이 서로 얽혔고, 갈베르와 칼릭스트는 방파제 위에서 벌레들끼리 경주를 시키느라 정신이 없었다.

"찌를 잘 봐야 해!"

선생님이 말했다. 우리는 찌를 지켜보았다. 그러나 별
다른 일은 생기지 않았다.

갑자기 폴랭이 비명을 지르며 낚싯
대를 들어올렸다. 줄 끝에 물고기가
매달려 있었다. "엄마야! 물고기다!"
폴랭은 소리를 지르며 낚싯대를 놓아
버렸다. 놓친 낚싯대는 바위 위로 떨어졌

다. 팀장 선생님은 손으로 얼굴을 한 번 쓸어내리고는 울고 있는 폴랭을 바라보았다.

"너희들 여기서 꼼짝 말고 기다려. 저, 저 맹…… 아니 꼬맹이가 떨어뜨린 낚싯대를
주워올 테니까."

팀장 선생님은 이렇게 말하고는 바위 위로 내려갔다. 바위가 미끄러워서 아주 위험
했지만 다행히 모든 게 순조롭게 진행되었다. 크레팽이 말썽피운 것만 빼면 말이다.
크레팽은 선생님을 돕는다고 따라 내려갔다가 바위에서 미끄러져서 물 속에 빠졌다.
팀장 선생님이 간신히 크레팽을 건져올렸다. 하지만 그러면서 선생님이 너무나 크게
소리를 질러서, 저 멀리 해변에 있던 사람들까지 자리에서 일어나 우리 쪽을 쳐다보았
다. 물 밖으로 나온 선생님이 폴랭에게 낚싯대를 돌려주었다. 하지만 낚싯대에는 이미
물고기가 없었다. 낚싯대를 돌려받은 폴랭은 물고기와 함께 벌레도 없어졌다는 것을
알고 굉장히 좋아했다. 폴랭은 자기 바늘에 벌레를 끼우지 않는다면 낚시를 계속 하겠

다고 했다.

　첫번째로 물고기를 잡은 것은 갈베르였다. 완
전히 갈베르의 날이었다. 벌레 경주에서 이긴데
다, 물고기까지 잡았으니 말이다. 모두들 갈베르
의 물고기를 구경하러 몰려갔다. 가서 보니 그렇
게 큰 놈은 아니었다. 그래도 선생님이 칭찬해주

자 갈베르는 우쭐했다. 갈베르는 자기는 이미 고기를 잡았으니까 낚시는 이걸로 끝이
라고 말하고는, 낮잠을 잔다고 방파제 위에 올라가 누웠다. 두번째 물고기를 잡은 사
람은…… 그게 누군지 여러분은 절대로 알아맞힐 수 없을 것이다…… 바로 나였다! 얼
마나 굉장한 물고기였는지! 진짜로 엄청났다! 갈베르가 잡은 것보다는 조금 작은 것
같기도 했지만, 어쨌든 아주아주 훌륭했다. 한 가지 유감스러웠던 것은 팀장 선생님이
내 낚싯바늘에서 물고기를 떼어내다가 손가락을 찔렸다는 거다.(참 별난 일이다. 선생
님한테 그런 일이 생기리라고는 생각도 못 했는데 말이다.) 아마도 그것 때문에 선생
님이 캠프로 돌아갈 시간이 됐다고 한 것 같다. 아타나즈와 베르탱이 투덜거렸다. 그
애들은 그때까지도 얽힌 낚싯줄을 못 풀고 있었다.

　주방장 아저씨에게 물고기를 갖다 줄 때 우리는 조금 쑥스러웠다. 물고기 두 마리로
캠프 전체 아이들이 먹을 수프를 끓이려면 아무래도 모자랄 것 같다는 생각이 들었기
때문이다. 하지만 주방장 아저씨는 흥겹게 웃으면서 그거면 충분하다고 했다. 자기가
필요로 하는 양은 딱 그만큼이라는 거였다. 아저씨는 우리에게 상으로 비스킷을 주었

다.

그런데…… 주방장 아저씨의 수프 솜씨는 정말 기가 막혔다! 엄청 맛있었다. 라토 원장님이 이렇게 외쳤다.

"살쾡이 팀 만세!"

"만세!"

모두들 따라했다. 우리도 자랑스러워서 같이 만세를 불렀다.

나중에 내가 주방장 아저씨한테 가서 물어봤다. 수프에 들어 있던 고기들을 보니까 우리가 잡은 것보다 크기도 크고 숫자도 많아서, 어떻게 그럴 수 있는지 궁금했기 때문이다. 주방장 아저씨는 빙그레 웃으며 물고기를 물에 넣고 끓이면 그렇게 부풀어오르는 법이라고 설명해주었다. 그리고 나서 아저씨는 내게 선물로 잼 바른 빵을 주었다. 주방장 아저씨는 정말 좋은 분이다.

크레팽 부모님께.

귀댁의 아이는 건강하게 잘 지내고 있습니다. 모두들 크레팽에게 만족하고 있다는 사실을 전해드리게 되어서 저도 무척 기쁩니다. 크레팽은 캠프 생활에 완벽하게 적응하고 있으며, 다른 아이들과도 매우 친하게 지낸답니다. 물론 가끔씩 '장난꾸러기 짓'(이렇게 표현하는 것을 양해해주시기 바랍니다.)을 하는 경향도 있습니다. 하지만 그것은 크레팽이 친구들로부터 사나이로, 대장으로 인정받기를 바라고 있어서 그런 듯합니다. 크레팽은 활발하고 성격도 매우 적극적이어서, 꼬마 친구들 사이에 상당한 영향력을 갖고 있습니다. 이렇듯 균형감각을 지닌 크레팽에게, 또래 친구들도 매우 감탄하고 있습니다. 바쁘시겠지만 지나는 길에 한번 들러주신다면 매우 고맙겠습니다……

— 라토 원장님이 크레팽 부모님에게 보낸 편지 중에서

크레팽 부모님의 방문

내가 지금 휴가를 보내고 있는 푸른 캠프는 아주 좋다. 친구들이 많아서 굉장히 재미있게 놀 수 있다. 한 가지 아쉬운 건 엄마 아빠가 없다는 거다. 아, 물론 우리는 엄마 아빠한테 편지를 아주 많이 쓰고 엄마 아빠 들도 우리에게 자주 편지를 한다. 편지에다 우리는, 먼저 우리가 여기서 무엇을 하는지 쓰고, 그 다음에는 말썽 안 피우고 착하게 지내고 있으며, 먹을 것 잘 먹고, 재미있게 논다고 쓴다. 그리고 마지막에는 안녕히 계시라는 인사말을 쓴다. 엄마 아빠 들은 우리한테 보내는 답장에다 선생님 말씀 잘 듣고 뭐든지 잘 먹어야 하며 조심해야 한다고, 그리고 우리에게 뽀뽀를 보낸다고 쓴다. 하지만 엄마 아빠가 실제로 캠프에 와본다면 편지 쓸 때와는 사정이 좀 달라질 거다.

그러니까 크레팽은 정말 운이 좋았던 거다. 오늘 점심을 먹으려고 식탁에 앉았는데, 라토 원장님이 얼굴에 미소를 띠고 들어와서 이렇게 말했다.

"크레팽, 깜짝 놀랄 만한 선물이 있으니 밖에 나가보렴. 엄마 아빠가 널 보러 오셨단다."

우리는 다같이 우르르 밖으로 몰려나갔다. 크레팽은 자기 엄마 아빠 목에 매달리며 뽀뽀를 했다. 크레팽의 엄마 아빠는 크레팽에게 그새 많이 자랐고 안색도 구릿빛으로 보기 좋게 탔다고 말했다. 크레팽은 부모님에게 장난감 전기 기차를 가져왔냐고 물어보았다. 크레팽 가족은 다시 만나게 되어 아주 기쁜 것 같았다. 크레팽은 자기 엄마 아

빠에게 우리를 소개했다.

"얘네들이 내 친구들이에요. 얘는 베르탱이고, 쟤는 니콜라, 또 쟤는 갈베르, 그 다음은 폴랭, 다음은 아타나즈, 기타 등등이죠. 그리고 이분은 우리 팀장 선생님이예요. 또 저기는 우리 막사구요. 어제는 낚시 가서 새우를 엄청 많이 잡았어요."

"저희와 같이 점심 식사 하실 수 있겠죠?"

라토 원장님이 크레팽 부모님에게 물었다.

"바쁘신데 괜히 폐 끼치고 싶지 않습니다. 저희는 그저 지나던 길이거든요."

크레팽 아빠가 대답했다.

그러자 옆에 있던 크레팽 엄마가 끼어들었다.

"저는 궁금한데요. 우리 꼬마들이 어떻게 식사하는지 말이에요."

"물론이죠, 부인. 하나도 문제될 것 없습니다. 주방장에게 이인분 식사를 더 준비하라고 말하죠."

라토 원장님이 말했다. 우리도 모두 식당으로 다시 들어갔다.

크레팽의 엄마와 아빠는 라토 원장님, 즈누 총무 선생님과 같은 식탁에 앉았다. 크레팽은 그냥 우리랑 같이 앉았다. 그애는 굉장히 자랑스러운 듯 어깨를 으쓱거렸다. 자기 아빠가 무슨 차를 타고 왔는지 봤냐고 우리한테 묻기도 했다. 라토 원장님은 크레팽 엄마 아빠에게 크레팽이 캠프 활동에 적극적이고 자발적으로 참여하며, 캠프에 있는 사람들이 모두 크레팽을 아주 좋아한다고 말했다. 곧이어 점심을 먹기 시작했다.

"음, 아주 맛있는데요?"

크레팽 아빠가 말했다.

"대단한 음식은 아니죠. 하지만 건강에 좋은 것을 골라 풍부하게 식단을 짰습니다."

라토 원장님이 말했다.

"아가! 소시지는 껍질을 잘 벗겨서 먹어라. 여러 번 씹어 먹고!"

갑자기 크레팽 엄마가 큰 소리로 외쳤다.

크레팽은 엄마가 그렇게 말해서 기분이 상한 것 같았다. 아마 소시지를 이미 껍질째 먹어버렸기 때문이었을 거다. 말이 나왔으니 하는 말이지만, 원장님 말대로 크레팽은 먹는 데 엄청 적극적이다. 이어서 생선 요리가 나왔다.

"아, 이건 코스타 브라바에서 먹은 호텔 요리보다 더 고급인데요."

크레팽 아빠가 말했다. 크레팽 아빠는 그게 어떤 요리였는지 설명하기 시작했다.

"물고기를 기름에 튀겨서 말이죠……."

"생선 가시! 가시 조심해야지, 아가! 너, 집에서 목에 생선 가 시가 걸려서 울었던 거 기억나지?"

크레팽 엄마가 또 소리쳤다.

"울었던 적 없어요."

크레팽이 말했다. 얼굴이 새빨개져서 아까보다 훨씬 더 그을려 보였다.

후식으로는 크림이 나왔는데 정말 맛있었다. 후식을 먹고 난 뒤, 라토 원장님이 말했다.

“저희는 식사를 한 후엔 노래를 몇 곡 부른답니다.”

그런 다음 원장님은 자리에서 일어나서 말했다.

“주목!”

곧이어 원장 선생님이 손을 들고 지휘를 하기 시작했고, 우리는 일제히 노래를 시작했다. ‘세상의 모든 길에는 조약돌이 있도다……’ 라는 가사로 시작하는 노래였다. 이어 〈해적선〉도 불렀다.

“제비뽑기를 하자. 누가, 누가, 누가 먹힐지 알아보자. 에헤이! 에헤이!……”

크레팽 아빠는 우리 노래가 재미있었는지 같이 따라 불렀다. 특히, 에헤이! 에헤이! 부분에서는 엄청 크게 소리를 질렀다. 노래가 다 끝나자 크레팽 엄마가 “아가, 〈작은 시소〉 노래도 불러보렴!” 하고 말했다.

크레팽 엄마는 라토 원장님에게 크레팽이 아주 어렸을 때, 그러니까 처음으로 머리를 깎기도 전에 그 노래를 불렀다고 설명했다. 그러면서 아줌마는, 처음 크레팽 머리를 깎아줄 때 애 아빠가 하도 우겨서 할 수 없이 깎아주긴 했지만, 곱슬곱슬한 머리털이 너무나 아까웠다는 말도 했다.

크레팽은 이젠 기억이 안 난다며 노래를 안 부르려고 했다. 그러자 그애 엄마가 도와주겠다고 나섰다.

“영차, 영차! 작은 시소를 타면…….”

아줌마가 먼저 시작했지만 크레팽은 여전히 입을 열지 않았다. 베르탱이 옆에서 낄낄거렸고, 그걸 본 크레팽은 기분이 나빠졌다. 조금 있다가 라토 원장님이 일어날 시

간이라고 했다.

　우리는 식당에서 나왔다. 크레팽 아빠가 원장님에게 이 시간엔 보통 무얼 하냐고 물었다.

　"낮잠을 자지요. 그걸 원칙으로 삼고 있습니다. 아이들에게는 휴식이 필수적이거든요."

　라토 원장님이 대답했다.

　"옳은 말씀입니다."

　크레팽 아빠가 말했다.

"난 낮잠 자기 싫어요. 엄마 아빠랑 같이 있을래요!"

갑자기 크레팽이 끼어들었다.

"그럼 그럼, 우리 귀염둥이. 라토 원장님이 오늘은 특별히 예외로 해주실 거야."

크레팽 엄마가 말했다.

"쟤가 낮잠을 안 잔다면 나도 안 잘 거야!"

베르탱이 외쳤다.

"네가 자건 안 자건 난 아무 상관 없어. 어쨌거나 난 안 잘 거니까!"

크레팽이 대꾸했다.

"그런데 넌 왜 낮잠 안 자도 되는 건데?"

아타나즈가 물었다.

"그러게 말이야. 크레팽이 안 잔다면 우리도 모두 안 잘 거라구."

칼릭스트가 말했다.

"뭐라구? 왜 내가 낮잠을 안 자? 난 졸리단 말야. 난 잘 권리가 있어. 저 바보 같은 녀석이 안 자도 말야!"

갈베르가 끼어들었다.

"너 한 대 맞고 싶어?" 칼릭스트가 으르렁댔다.

그러자 라토 원장님이 화난 목소리로 빽 소리를 질렀다.

"조용히 해! 낮잠은 모두 다 잘 거야! 그렇게 알아!"

그러자 크레팽은 울면서 발버둥을 치기 시작했다. 우리는 깜짝 놀랐다. 보통 그렇게 하는 건 폴랭인데 말이다. 폴랭은 밤낮 울면서 집에 가고 싶다고 떼를 쓰는 친구다. 이번엔 폴랭도 얌전히 있었다. 자기말고 딴 애가 우는 걸 보고 깜짝 놀란 것 같았다.

"어쨌거나 예정대로 오늘밤에 도착하려면 우린 곧 출발해야 할 거야……."

크레팽 아빠가 매우 난처한 듯이 말했다.

크레팽 엄마도 그게 낫겠다고 했다. 아줌마는 크레팽을 꼭 껴안아주며 여러 가지를 당부했고, 장난감도 많이 사주겠다고 약속했다. 그리고는 원장님에게 작별 인사를 했다.

"캠프 생활이 아주 훌륭하군요. 다만 제 생각엔 아이들이 부모와 너무 오래 떨어져 있어서 신경이 좀 날카로워진 것 같아요. 부모들이 규칙적으로 애들을 만나러 오는 게 좋을 것 같네요. 그러면 가족적인 분위기를 다시 맛볼 수 있으니, 진정도 되고 균형도 잡히겠죠."

아줌마가 말했다.

그리고 나서 우리는 모두 낮잠을 자러 갔다. 크레팽도 울음을 그쳤다. 베르탱이 큰 소리로 이런 말을 해서 크레팽을 놀리지만 않았다면 단체 기합 받을 일도 없었을 거다. "아가, 〈작은 시소〉 노래도 불러보렴!"

이제 여름방학이 끝나간다. 니콜라는 캠프를 떠나야 했다. 이별은 슬프지만, 부모님이 자기를 다시 만나면 아주 기뻐할 거라고 생각하며 모두들 마음을 달랬다. 집으로 출발하기 전, 푸른 캠프에서는 작별 파티가 있었다. 각 팀별로 장기 자랑이 벌어졌다. 니콜라네 팀은 인간 피라미드를 만들어 축제의 피날레를 장식했다. 인간 피라미드 꼭대기에 선 아이가 살쾡이 팀의 깃발을 흔드는 것을 신호로 모든 팀원이 집합 구호를 외쳤다. "용기!"

이별의 순간엔 모두 용기를 냈다. 폴랭만 빼고 말이다. 폴랭은 울면서 캠프에 남겠다고 했다.

여름방학의 추억

캠프에서 돌아왔다. 캠프 생활은 엄청 재미있었다.

역에 도착해서 보니, 엄마 아빠 들이 모두 마중 나와 있었다. 대단한 광경이었다. 모두가 한꺼번에 소리를 질렀다. 엄마 아빠를 찾은 애들은 활짝 웃었지만, 자기 엄마 아빠를 찾지 못해 우는 애들도 있었다. 우리를 데리고 온 팀장 선생님들은 아이들이 줄에서 벗어나지 못하게 하려고 호루라기를 불어댔고, 역무원 아저씨들은 팀장 선생님들이 호루라기를 못 불게 하려고 호루라기를 불어댔다. 팀장 선생님들이 부는 호루라기 소리를 듣고 기차가 잘못 출발할까 봐 걱정을 했던 거다.

조금 있으니, 우리 엄마 아빠가 보였다. 말이 안 나올 정도로 기뻤다. 난 엄마 품에 뛰어들었고, 아빠한테도 안겼다. 엄마 아빠는 내가 그새 많이 컸고 얼굴도 많이 탔다고 했다. 엄마 눈엔 눈물이 글썽거렸고, 아빠는 허허 웃으며 내 머리를 쓰다듬어주었다. 난 엄마 아빠에게 그 동안 캠프에서 어떻게 지냈는지 이야기하기 시작했다. 그리고 우리는 역을 떠나 집으로 향했다. 아빠는 내 가방을 가져오는 걸 또 잊어버렸다.

집에 오니 참 좋았다. 집에서 나는 냄새도 좋았고, 내 장난감들도 다 그대로 있어서 말이다. 엄마는 맛있는 점심을 해주겠다고 부엌으로 들어갔다. 정말 신났다. 캠프에서도 잘 먹었지만, 역시 우리 엄마 요리 솜씨가 최고니까 말이다. 엄마가 만들다 망친 과자도 다른 사람이 만든 과자보다 훨씬 맛있다.

아빠는 소파에 앉아 신문을 보고 있었다.

나는 아빠한테 가서 물었다.

"이제 난 뭘 하죠?"

"아빠가 그걸 어떻게 알겠니? 하여튼 기차 타고 오느라 피곤하겠다. 방에 올라가 쉬어라."

아빠가 말했다.

"피곤하지 않은데요?"

"그럼 가서 놀아라."

"누구하고요?"

내가 물었다.

"누구하고? 누구하고라니? 그게 무슨 소리야! 이젠 혼자 놀아야지!"

아빠가 소리쳤다.

"난 혼자 놀 줄 모른단 말예요! 어떻게 이럴 수가 있어요! 캠프에서는 친구들도 많았고 놀 거리도 항상 있었다구요."

그러자 아빠는 신문을 무릎 위에 내려놓고는 눈을 부릅뜨며 말했다.

"넌 지금 캠프에 있는 게 아니잖아. 귀찮게 하지 말고 혼자 놀아!"

난 울기 시작했다.

"또 시작이군."

엄마가 부엌에서 달려나와 말했다. 엄마는 나한테 점심 먹기 전까지 정원에 나가서 놀라고 했다. 옆집에 사는 마리 에드비주도 방금 휴가에서 돌아왔으니, 어쩌면 그애하고 같이 놀 수 있을 거라고 했다. 나는 밖으로 뛰어나갔다. 나가면서 보니 엄마가 아빠에게 이야기 좀 하자고 말하고 있었다. 나에 대한 이야기인 것 같았다. 무슨 이야기인지는 잘 모르겠지만, 하여튼 엄마 아빠는 내가 집에 돌아온 게 무척 기쁜가 보았다.

마리 에드비주는 옆집 쿠르트플라크 씨네 딸이다. 쿠르트플라크 아저씨는 프티테파르냥 백화점 3층에 있는 신발 코너 지배인이다. 그 아저씨는 우리 아빠랑 자주 싸운다. 하지만 마리 에드비주는 여자애치고는 괜찮은 애다. 정원에 나가보니 마리 에드비주도 자기네 정원에서 놀고 있었다. 나는 참 운이 좋다.

"안녕, 마리 에드비주. 우리집에 놀러 올래?"

내가 물었다.

"그래."

마리 에드비주는 이렇게 대답하고 나서 울타리에 나 있는 구멍을 통해 건너왔다. 그 구멍은 우리 아빠하고 쿠르트플라크 아저씨가 서로 상대방 정원에 나 있는 거라며 고치지 않고 놓아두었던 것이다. 마리 에드비주는 방학 전에 마지막으로 보았을 때보다 살 색깔이 더 짙어져 있었다. 파란 눈에 금발인데, 까무잡잡해지니까 훨씬 더 예뻐 보였다. 마리 에드비주는 여자애지만 정말이지 참 근사하다.

"방학 잘 보냈니?"

마리 에드비주가 내게 물었다.

"엄청났지! 나는 여름 캠프에 갔다왔거든. 거기선 팀별로 단체 행동을 하는데, 우리 팀이 항상 일등이었어. '살쾡이 팀' 이 우리 팀 이름인데, 내가 바로 팀장이었다구."

내가 대답했다.

"팀장은 어른이 하는 거 아냐?"

마리 에드비주가 물었다.

"맞아. 실은 나는 팀장 보조였어. 하지만 팀장 선생님도 나한테 물어보지 않고는 아무것도 못 했어. 그러니까 진짜 대장은 나였던 거지."

"캠프에 여자애들도 있었니?"

마리 에드비주가 다시 물었다.

"쳇! 있을 리가 없지. 여자애들한테는 너무 위험하거든. 거기서 하는 일들은 전부 엄청난 일들뿐이니까 말야. 그리고 있지, 나 말야, 물에 빠진 애를 두 명이나 구했다."

내가 말했다.

"너, 허풍치는구나."

가만히 내 이야기를 듣고 있던 마리 에드비주가 말했다.

"허풍이라니? 사실은 세 명이야. 한 명을 깜빡했거든. 또, 낚시 대회에서도 우승했다. 이따만한 물고기를 잡았단 말야!"

나는 이렇게 말하면서 팔을 최대한 크게 벌렸다. 마리 에드비주는 내 말을 못 믿겠다는 듯이 빙그레 웃었다. 나는 기분이 나빠졌다. 여자애들하고는 정말 말이 안 통한다!

그래서 나는 캠프에 도둑이 들었을 때 내가 경찰을 도와 도둑을 잡은 이야기랑 등대

까지 헤엄쳐서 갔다온 이야기도 해주었다. 모두들 걱정했지만 내가 다시 육지에 올라오자 모두들 날 축하하면서 굉장한 챔피언으로 인정해주었다고 말이다. 그리고 또 캠프 친구들이 사나운 동물이 우글대는 숲속에서 길을 잃고 헤맬 때 내가 구해줬다는 이야기도 했다.

"난 엄마 아빠랑 바닷가에 갔었는데, 거기서 자노라는 남자친구를 사귀었어. 그앤 재주넘기를 정말 잘해……."

마리 에드비주가 말했다.

그때 쿠르트플라크 아줌마가 나와서 마리 에드비주를 불렀다.

"마리 에드비주! 어서 들어오너라. 식사 준비 다 됐다!"

그러자 마리 에드비주는 "나중에 자세히 이야기해줄게"라고 말하고는 울타리에 난 구멍으로 다시 뛰어들어갔다.

집 안으로 들어가자 아빠가 나를 보며 물었다.

"어땠어, 니콜라? 여자친구를 다시 만나니 좋지? 이젠 기분이 좀 나아졌니?"

나는 아무 말 없이 내 방으로 뛰어올라가 옷장을 발로 걷어찼다.

이게 뭐야, 정말! 도대체 마리 에드비주는 내게 왜 그 따위 말도 안 되는 휴가 얘기를 해준 거지? 흥!

그까짓 것, 난 하나도 관심 없다구.

　그리고 그 자노라는 녀석은 분명히 못생기고 바보 같은 녀석일 거야!

윤경

1963년 서울에서 태어나 서울대 불어불문학과와 서강대 대학원 불어불문학과를 졸업하고 파리 10대학 불어불문학과 박사과정을 수료하였다. 서강대에서 불문학을 가르치고 프랑스 주재 한국 대사관에서 군수무관부 통역을 맡았다.

니콜라 시리즈 3권

꼬마 니콜라의 여름방학

1판 1쇄 1999년 12월 11일 | 1판 29쇄 2023년 9월 5일

지은이 장 자크 상페·르네 고시니 | 옮긴이 윤경

편집 최정수 | 마케팅 정민호 서지화 한민아 이민경 안남영 김수현 왕지경 황승현 김혜원 김하연

브랜딩 함유지 함근아 고보미 박민재 김희숙 정승민 배진성

저작권 박지영 형소진 최은진 서연주 오서영 | 제작 강신은 김동욱 이순호 | 제작처 한영문화사

펴낸곳 (주)문학동네 | 펴낸이 김소영 | 출판등록 1993년 10월 22일 제2003-000045호

주소 10881 경기도 파주시 회동길 210

전자우편 kids@munhak.com | 홈페이지 www.munhak.com | 카페 cafe.naver.com/mhdn

북클럽 bookclubmunhak.com | 인스타그램 @kidsmunhak | 트위터 @kidsmunhak

대표전화 (031)955-8888 | 팩스 (031)955-8855 | 문의전화 (031)955-3576(마케팅) (02)3144-3238(편집)

잘못된 책은 구입하신 서점에서 교환해 드립니다. 기타 교환 문의: (031)955-2661, 3580

ISBN 89-8281-242-3 04860 | 89-8281-239-3(세트)